康复推拿技术

主　编：舒　炼　肖　娟　杨玉平
副主编：张嘉杨　谭冬梅　桑　林
　　　　鲁群岷　熊丽溶　李哲海

中国石化出版社

内 容 提 要

　　《康复推拿技术》是高职高专健康管理、社区康复、护理、休闲体育等专业所开设的一门专业课程。本书紧紧围绕《国家中长期教育改革和发展规划纲要（2010—2020年）》《现代职业教育体系建设规划（2014—2020年）》和国务院印发的《"健康中国2030"规划纲要》文件精神，结合我国国民的身体健康状况，收集素材，尽力做到"教、学、做"一体化。本书内容从理论基础到实操练习，共分为8个项目，从简单到复杂，严格循序渐进、由浅入深地安排内容，理论归纳与实操视频相结合，真正实现了理实一体化的教学模式。

　　本书可供高职高专健康管理、社区康复、护理、休闲体育等专业师生使用，也可供相关从业者参考。

图书在版编目（CIP）数据

　　康复推拿技术 / 舒炼，肖娟，杨玉平主编 . —北京：中国石化出版社，2023.9

　　ISBN 978-7-5114-7210-6

　　Ⅰ . ①康… 　Ⅱ . ①舒… ②肖… ③杨… 　Ⅲ . ①推拿 – 高等职业教育 – 教材 　Ⅳ . ① R244.1

　　中国国家版本馆 CIP 数据核字（2023）第 164749 号

中国石化出版社出版发行

地址：北京市东城区安定门外大街 58 号

邮编：100011　电话：（010）57512500

发行部电话：（010）57512575

http://www.sinopec-press.com

E-mail：press@sinopec.com

北京科信印刷有限公司印刷

全国各地新华书店经销

*

710 毫米 ×1000 毫米　16 开本　13 印张　136 千字

2023 年 10 月第 1 版　2023 年 10 月第 1 次印刷

定价：38.00 元

《康复推拿技术》编委会名单

主　编：舒　炼　肖　娟　杨玉平

副主编：张嘉杨　谭冬梅　桑　林　鲁群岷　熊丽溶　李哲海

参编及编委：

张嘉杨（重庆能源职业学院）

舒　炼（重庆能源职业学院）

肖　娟（重庆能源职业学院）

杨玉平（重庆电子工程职业学院）

李哲海（重庆人文科技学院）

鲁群岷（重庆能源职业学院）

谭冬梅（重庆正国九禽推拿功法研究所）

熊丽溶（重庆能源职业学院）

殷学利（重庆医科大学附属第二医院）

吴玉婵（重庆医科大学附属第一医院）

桑　林（重庆能源职业学院）

刘　静（重庆能源职业学院）

林　丽（重庆能源职业学院）

况黎黎（重庆能源职业学院）

李明琼（重庆城市管理职业学院）

罗媛媛（重庆工贸职业技术学院）

王白雪（重庆轻工职业学院）

前言

　　"康复推拿技术"是以中医学和正常人体解剖学为基础，研究推拿手法及运用推拿手法防治疾病的一门学科。推拿手法的研究重点在操作方法、动作要领、治疗作用等相关内容。疾病的治疗选取了儿科、骨伤科、内科、妇科常见病多发病，重点研究的是在中西医理论指导下，运用推拿手法预防、治疗疾病，以达到减轻患者痛苦，促进患者康复的目的。全书共设置八个项目。

　　项目1为推拿的发展概述。重点讲述了按摩推拿学的起源、发展史、名称演变、治疗疾病的作用原理、影响疗效的因素和禁忌证。

　　项目2为实用推拿常用手法。详尽地描述了手法的基本要求、分类方法。在讲述具体的手法时，详尽地描述了发力部位、用力技巧；对于一些有特殊治疗作用的手法，还严格地规定了医生和患者的体位，同时结合形象的图片，帮助学生更好地理解。

　　项目3为经络循行和病症表现。重点讲述经络系统组成、分类、功能、循行与辨病等知识。

　　项目4至项目7为儿科、骨伤科、内科、妇科常见疾病治疗知识。在这部分内容的编写中，汲取了大量西医学中的解剖学、儿科、内科、妇科、骨科学知识，参考了大量文献，力求讲清难点，突出重点，前后连贯，注重临床技能培养，并在中西医理论指导下提出治疗方案。

项目8为实训。重点介绍了推拿技术的基础实操手法分解及练习任务。

本书由舒炼、肖娟、杨玉平担任主编。编写分工如下：舒炼编写项目1、项目2；肖娟、熊丽溶编写项目4至项目6；杨玉平、张嘉杨编写项目3；桑林、鲁群岷编写项目7；谭冬梅、李哲海编写项目8；重庆电子工程职业学院杨玉平等人负责全书的统稿；肖娟、谭冬梅进行配套教材资料库整理。在本书的编写过程中，参考了大量专业书籍；选取的内容也得到了重庆正国九禽推拿功法研究所、重庆医科大学附属医院、重庆电子工程职业学院、重庆城市管理职业学院、重庆轻工职业学院、重庆工贸职业技术学院、重庆人文科技学院等单位的支持和帮助，在此表示衷心的感谢！

在编者多年教学、实践工作中反复应用、总结，经多次修改、提高，力求通过精练、规范的语言将基础理论、基本知识、基本技能呈现给读者，充分体现科学性、先进性、启发性、实用性。但由于各种原因，书中难免存在不尽如人意之处，望各位同行批评指正。

目 录

项目 **1**

推拿的发展概述

学习目标

了解推拿的发展简史；
熟悉推拿的作用原理；
了解推拿对气血及脏腑功能的调整作用；
了解推拿介质的分类；
熟悉常用推拿介质及其功效。

　　推拿疗法，就是用手治病。在社会发展过程中，我们的祖先不断地和疾病作斗争，自己用手处理疾病，解除痛苦，逐渐积累经验而创造出来的疗法。推拿，又称按摩，既是人类最古老的一种疗法，又是一门年轻而有发展前途的医疗科学。从有人类开始，人们为了求生存，就开始不断地从事劳动，并与自然界各种不利因素作斗争，艰苦的劳动使损伤和疾病成了人们身体健康的主要威胁。在实践中人们逐渐发现按摩能使疼痛减轻或消失，在此基础上人们逐渐认识了按摩对人体的治疗作用。

　　推拿是中医学的有机组成部分。中医理论体系的形成是建立在大量医疗实践和哲学思想基础上的。推拿为最早的中医学理论体系积累了大量医疗经验，为建立中医理论体系作出了一定的贡献。

任务1 推拿的发展简史

　　推拿是一种医治疾病的古老方法，远在两千余年前的春秋战国时期按摩疗法就被广泛地应用于医疗实践，当时民间医生扁鹊运用按摩、针灸，成功地抢救了尸厥患者。我国现存最早的医学著作，秦汉时期的《内经》中记载了按摩可以治疗痹证、痿证、口眼歪斜和胃痛等，并描述了有关的按摩工具，如"九针"中的"员针""提针"。可见那时按摩和针灸的关系非常密切，常常结合使用。《素问·异法方宜论》："中央者，其地平以湿，天地所以生万物也众。其民食杂而不劳，故其病多痿厥寒热，其治宜导引按跷，故导引按跷者，亦从中央出也。"这里的中央即我国的中部地区，相当于今之河南洛阳一带。从上述经文中可以推断出，我国的按摩最早发源于河南洛阳地区，我国第一部按摩专著《黄帝岐伯·按摩十卷》（已佚），也是秦汉时期成书的。在《金匮要略》中已经有关于"膏摩"的记载。由此可见，我国在秦汉以前，推拿疗法已被普遍应用。

魏晋隋唐时期，设有按摩专科，有按摩专科医生。如隋代设有按摩博士的职务，到唐代又设立了按摩科，还把按摩医生分成按摩博士、按摩师和按摩工的等级。按摩博士在按摩师和按摩工的辅助下，教按摩生"导引之法以除疾，损伤折跌者正之"，开始了有组织的按摩教学工作。这个时期，自我按摩作为按摩的一个内容十分盛行。晋代的《抱朴子·内篇·遐览》中提到有《按摩导引经十卷》（已佚），隋代的《诸病源候论》每卷之末都附有导引按摩之法。自我按摩的广泛开展，说明按摩疗法重视预防，注意发挥病人与疾病作斗争的主观能动性。隋唐时期，在人体体表施行按摩手法时，涂上中药制成的膏，于是一种既可防止病人表皮破损，又可使药物和手法作用相得益彰的膏摩方法有了发展。膏的种类很多，有莽草膏、丹参膏、乌头膏、野葛膏、陈元膏和木防己膏等，根据不同病情选择应用。膏摩还可用于防治小儿疾病，《千金要方》中指出："小儿虽无病，早起常以膏抹囟上及手足心，甚辟风寒。"人类在逐渐认识了按摩作用的基础上，有目的地把按摩用于医疗实践，并不断加以总结，就逐渐形成了推拿治疗体系。我国这一体系的形成是在两千多年前先秦两汉时期，当时有两部医学巨著，即《内经》和《黄帝岐伯·按摩十卷》，这两部书第一次完整地建立了中医学的理论体系，确立了按摩作为一门医疗学科在中医学体系中的地位，因此可以说推拿是人类最古老的一种医疗方法，是中医学的一个重要组成部分。

《黄帝岐伯·按摩十卷》虽已佚，但从现存的《内经》中还可明显看到有不少内容论述了推拿疗法，并在此基础上推理和总结出许多中医学的基本理论。如《素问·举痛论》中说："寒气客于背俞之脉，则脉泣，脉泣则血虚，血虚则痛，其俞注于心，故相引而痛。按之则热气至，热气至则痛止矣。"这段文字中，至少提出了"不通则痛，通则不痛"的基本病理变化和"寒者热

之"的治疗方法。《内经》共十八卷一百六十二篇，其中《素问》有九篇论及推拿，《灵枢》有五篇论及推拿。由此可以看出，推拿对中医学理论体系的建立所起的重要作用。同样，长期以来中医基本理论指导着推拿的临床实践，对推拿的进一步发展又起了推动作用。

20 世纪 50 年代以后，推拿学科有了显著的发展。1956 年上海成立了中国第一所推拿专科学校——上海中医学院附属推拿学校，1958 年在上海建立了国内第一所中医推拿门诊部。通过设科办校，培养了一大批推拿专业的后继人才，继承和整理了推拿的学术经验。60 年代初期至中期，推拿疗法在临床中得到广泛应用，并整理出版了推拿专业教材和专著，开展了推拿的实验观察和文献研究。70 年代后期和 80 年代中期，推拿作为一种无创伤、非介入性的自然疗法，被国内外医学界有识之士重新认识。高等中医院校正式设置推拿专业，如上海中医学院针灸推拿系于 1982 年招收本科生，培养推拿高级中医师，1985 年上海中医学院还招收了第一批推拿硕士研究生；全国的医疗机构、康复（保健）机构，普遍设立推拿（按摩）科，推拿被更为广泛地应用到临床各科；1987 年在上海成立了全国性的推拿学术团体——中华全国中医学会推拿学会；推拿的实验研究也不断地深入；尤其突出的是，中医推拿特色标志之一的学术流派，得到了充分的继承和发扬。据近几年的统计，我国主要的推拿学术流派有小儿推拿、正骨推拿、运动推拿、指压推拿、保健推拿、一指禅推拿、滚法推拿、内功推拿、经穴推拿、腹诊法推拿等十余家。

1976 年 10 月后，随着国家的稳定和发展，推拿学术活动逐步恢复。卫生部十分重视推拿事业的发展，1979 年上海中医学院成立了针灸、推拿系，为培养推拿专业人才创造了条件。1979 年 7 月在上海首次召开了全国性的推拿学术经验交流会。全国二十七个省市一百零八位代表参加，交流论文九十八篇；推拿事业在全国逐步得到发展。1982 年北京中医学院亦成立了针灸、推拿系，全国有条件的中医学院都相继开始筹建针灸、推拿系，这必将进一步促进推拿事业的发展。

在推拿的发展过程中，也延伸出了一些新的技术分支，如"九禽形意推拿功法"。该功法源自动物运动形态，集道学、中医学于一体，吸取动物运动特征和技能而成。其精髓是根据"水不流则腐，气不畅则浊"的原理，调理人体循环系统，使经络伸张到极致，以达到机体活动、气血通畅的良好效果。对脑供血不足，肌肉痉挛，颈、胸、腰椎及脏腑功能不平衡能起到调理作用，尤其是对现代人因不良习惯引起的脊柱变形、颈椎综合征、失眠症等相关症候通过纯物理性的极限伸张，圆转推拉，点穴通络，有妙手回春之功效。在王正国大师和徒弟们的共同努力下，九禽形意推拿功法在 2015 年被列入重庆市渝北区第四批区级非物质文化遗产名录，2016 年被成功列入重庆市第五批市级非物质文化遗产名录。

推拿是一门医疗科学，作为一名推拿医生必须掌握必要的医学基础理论及有关疾病的发生发展规律，同时还要掌握手法的操作、基本作用及治疗方法，并在此基础上了解研究治疗原理及国内外研究动态。因此，学习推拿除了要掌握有关的医学理论知识外，还必须十分重视实践经验的积累，其中包括手法的基本训练和临床实践。

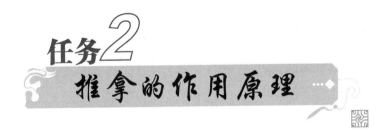

任务2 推拿的作用原理

1.2.1 推拿治疗的基本原理

推拿属中医外治法范畴，是医者视病情施用手法治疗的一门中医学科。推

拿通过手法作用于人体体表的特定部位，以调节机体的生理、病理状况，达到治疗效果。也就是说：医生通过"手法"所产生的外力，在患者体表特定的部位或穴位上做功，这种功是医生根据具体的病情，运用各种手法技巧所做的有用功，从而起到纠正解剖位置的作用；这种功也可转换成各种能，并渗透到体内，改变其有关的系统内能，从而起到治疗作用；这种"能"可作为信息的载体，向人体某一系统或器官传入信号，起调整脏腑功能的治疗作用。但影响信息传递的主要因素不是载体能量的大小，而是信号强度和干扰强度的比值。当然机体对信息载体的能量大小也有一定的要求，即低于阈限的信号就不足以推动系统中的下一环节。

1.2.1.1　纠正解剖位置的异常

凡关节错位、肌腱滑脱等，因有关组织解剖位置异常而致的病症，均可通过外力直接作用加以纠正，如骶髂关节错位、椎骨错缝等，可根据其不同的情况，采取相应的治疗方法，使错位得以整复。

1.2.1.2　改变有关的系统内能

某一系统内能的失调，可导致该系统出现病变，而某一系统的病变也必然引起该系统内能的异常。通过对失调的系统内能进行适当的调整，使其恢复正常，就能起到积极的治疗作用。如肌肉痉挛者，通过手法使有关肌肉系统内能得到调整，则肌肉痉挛就能得到解除；气滞血瘀者，通过手法使气血系统内能增大，加速气血循行，从而起到行气活血的作用，解除因气滞血瘀引起的各种病症。

1.2.1.3　信息调整

通过现代生理学的研究，人们认识到人体的各个脏器都有其特定的生物信息。当脏器发生病变时有关的生物信息就会发生变化，而脏器生物信息的改变可影响整个系统乃至全身的机能平衡。通过各种刺激或各种能量传递的形式作用于体表的特定部位，产生一定的生物信息。通过信息传递系统输入有关脏器，对失常的生物信息加以调整，从而对病变脏器起到调整作用。这是中医推拿治疗的依据之一，是建立在人体生物电、生物力学、生物内能，以及组织器官的生理、生化、解剖学理论基础上的一种古老而又崭新的治疗途径。中医推拿在这方面积累了很多实践经验，如在缺血性心绞痛患者的有关腧穴上，用较轻的按揉法治疗，输入调整信息，可起到增加冠状动脉血流量的作用，从而缓解症状。

1.2.1.4　纠正解剖位置与转变系统内能的结合

凡由于各种原因导致解剖位置异常者，有关的系统内能必然发生改变，由于系统内能的改变，又会造成疾病的进一步变化。治疗时必须兼顾这两方面。如冻肩的治疗关键在于活动患肩，使粘连得以松解。患者肩部疼痛剧烈，肌肉痉挛，活动困难，治疗首先要调整有关肌肉组织的系统内能，使肌肉痉挛缓解，然后才能活动其关节。在活动关节使粘连松解时，极有可能造成新的损伤。通过手法来改变患部的系统内能，加强气血运行，促进损伤修复，从而消除了因活动关节而产生损伤的副作用，保证了推拿的良好疗效。

1.2.1.5　纠正解剖位置与改变系统内能、调整信息的结合

临床中经常见到因某一解剖位置的异常而导致其相应的脏腑发生病变，这是因为某一解剖位置的失常，必然会使有关组织的系统内能和生物信息发生变化，从而造成有关组织、器官的病变。对这类病症的治疗就必须采用纠正解剖位置的失常和调整信息相结合以及改变系统内能的方法。如胆囊炎、胆绞痛，其基本病理是 Oddis 括约肌痉挛，胆汁排出困难，而 Oddis 括约肌受胸八、九交感神经支配，第八、九胸椎后关节的错位是本病发生的原因之一，因此纠正第八、九胸椎后关节错位，是治疗的关键。但因本病疼痛剧烈，整复手法很难完成，必须在有关穴位（胆俞穴、胆囊穴）用点揉法治疗，通过改变系统内能和调整信息，使疼痛缓解后，再施以后关节整复手法，纠正解剖位置的异常，从而消除因解剖位置失常而产生的病变信息，使症状得以解除。

总之，推拿治疗的基本原理不外乎是"力""能"和"信息"三方面的作用。

1.2.2　推拿对伤筋的治疗原理

凡是人体各个关节、筋络、肌肉受外来暴力撞击，强力扭转，牵拉压迫或因不慎而跌扑闪挫，或体虚、劳累过度及持续活动、经久积劳等因素所引起的损伤，而无骨折、脱位或皮肉破损的均称为伤筋。推拿治疗伤筋有独到之处，这已被无数临床实践所证实。伤筋无论急慢性，疼痛是其主要症状。中医认为损伤后，由于血离经脉，经脉受阻，气血流行不通，"不通则痛"。治疗的关键在于"通"，"通则不痛"。

1.2.2.1　舒筋通络

损伤后，肌肉附着点和筋膜、韧带、关节囊等受损害的软组织，可发出疼痛信号，通过神经的反射作用，使有关组织处于警觉状态，肌肉的收缩、紧张直至痉挛便是这一警觉状态的反映，其目的是减少肢体活动，避免对损伤部位的牵拉刺激，从而减轻疼痛。这也是人体自然保护性反应。此时，如不及时治疗，或是治疗不彻底，损伤组织可形成不同程度的粘连、纤维化或瘢痕，以致不断地发出有害的冲动，加重疼痛、压痛和肌肉收缩紧张，继而又可在周围组织引起继发性疼痛病灶，形成恶性疼痛循环。但不管是原发病灶或继发病灶，都可刺激和压迫神经末梢的营养血管，造成新陈代谢障碍，进一步加重"不通则痛"的病理变化。从实际经验中得知，凡有疼痛则肌肉必紧张，凡有肌肉紧张又势必疼痛，它们互为因果。我们的治疗目标应针对疼痛和肌肉紧张这两个主要环节，打破恶性循环，以利于组织的修复和功能恢复。临床治疗中我们看到，消除了疼痛病灶，肌肉紧张也就解除了；如果使紧张的肌肉松弛，则疼痛和压迫也可以明显减轻或消失，同时有利于病灶修复。

推拿是解除肌肉紧张、痉挛的有效方法，因为推拿不但可直接放松肌肉，并能解除引起肌紧张的原因，既可治标也可治本，做到标本兼治。

推拿直接放松肌肉的机制有三个方面：一是加强局部循环，使局部组织温度升高；二是在适当的刺激作用下，提高了局部组织的痛阈；三是将紧张或痉挛的肌肉充分拉长，从而解除其紧张痉挛，以消除疼痛。充分拉长紧张痉挛肌肉的方法是强迫伸展有关的关节，牵拉紧张痉挛的肌束使之放松。例如：腓肠肌痉挛，可充分背屈踝关节；腰背肌群痉挛，可大幅度旋转腰椎关节或作与肌纤维方向垂直的横向弹拨。对于有些通过上法仍不能放松的患者，则可先令其将关节处于屈曲位，再在肌肉放松的位置进行操作。以腓肠肌痉挛为例：可先充分跖屈踝关节，然后自上而下用力推、扳、按、揉腓肠肌的后侧。其他均可根据同理类推。上面两种方法，前者是直接牵拉肌肉，后者是先放后拉，目的都是让肌组织从紧张状态下解放出来，达到舒筋活络的目的。

推拿可以消除导致肌紧张的病因，其机制有三个方面：一是加强损伤组织的循环，促进损伤组织的修复；二是在加强循环的基础上，促进因损伤而引起的血肿、水肿的吸收；三是对软组织有粘连者，则可帮助松解粘连。在治疗中抓住原发性压痛点是关键。一般来说，最敏感的压痛点往往在筋膜、肌肉的起止点，两肌交界或相互交错的部位，这是因为筋膜处分布的神经末梢比较丰富，肌肉起止点和交界、交叉部分因所受应力大，长期摩擦容易发生损伤。通过对压痛点的治疗，消除了肌紧张的病理基础，为恢复肢体的正常功能创造了良好的条件。

舒筋通络，可使紧张痉挛的筋肉放松，气血得以畅通，因此可以说是松则通，通则不痛。必须说明：这里讲的"松"是对损伤的病因病理及组织结构有充分认识基础上的，这与盲目地"松松筋骨"不可同日而语。对推拿医生来说，要行之有据，操之有理，一举一动恰到好处，方为上工。

1.2.2.2 理筋整复

在软组织损伤部位，通过手指细心触摸，拈捺忖度，从触摸的形态、位置变化等，可以帮助我们了解损伤的性质。《医宗金鉴》手法总论中说："以手摸之，自悉其情"，并记载了筋歪、筋断、筋翻、筋转等各种病理变化，说明古

人对检查的重视，并积累了丰富的诊断经验。虽在 X 线已经普遍应用的现代，可以清楚地看到骨骼的形态，但对许多软组织仍难以观察，因此，触诊在临床上仍不失其极为重要的意义。对于在触诊中发现的不同组织、不同形式的错位逆乱，要及时回纳纠正，使筋络顺接，才能气血运行流畅，通则不痛。

肌肉、肌腱、韧带完全破裂者，须用手术缝合才能重建，但部分断裂者则可使用适当的手法理筋，将断裂的组织抚顺理直，然后加以固定，这可使疼痛减轻并有利于断端生长吻合。

肌腱滑脱者，在疼痛部位能触摸到条索样隆起，关节活动严重障碍，若治疗不当，可转化为肌腱炎，产生粘连。为此，须及早施用弹拨或推扳手法使其回纳。

关节内软骨板损伤者，往往表现为软骨板的破裂或移位，以致关节交锁不能活动，通过适当的手法使移位嵌顿的软骨板回纳，可解除关节的交锁，疼痛明显减轻。

腰椎间盘突出者，每见腰痛与下肢窜痛，腰部活动受限，行走不便。应用适当的手法，可促使突出的髓核回纳或移位，解除髓核对神经根的压迫或改善髓核与神经根的压迫关系，从而使疼痛减轻或消除。

脊柱后关节错位者，其棘突向一边偏歪，关节囊及邻近的韧带因受牵拉而损伤，也能用斜扳法或旋转法纠正。

骶髂关节半脱位者，因关节滑膜的嵌顿挤压及局部软组织的牵拉而疼痛难忍，通过斜扳法及伸屈髋膝等被动活动，将错位整复，疼痛也随之减轻或消失。

总之，对骨缝开错、韧带损伤等要积极采取措施，各守其位，才能有利于肌肉痉挛的缓解和关节功能的恢复。由此可见，理筋整复可使经络关节通顺，即顺则通。但必须认识到盲目推拿不但终无裨益，而且有加重断裂、错位等病变之弊。要注意：只有"法之所施，使患者不知其苦，方称为手法也"（《医宗金鉴·正骨心法要旨》）。

1.2.2.3 活血祛瘀

"动"是推拿疗法的特点。在治疗过程中，对患者来说"动"包括三个方面：一是促进肢体组织的活动；二是促进气血的流动；三是肢体关节的被动运动。

推拿手法对柔软体腔内的脏器有直接促进和调整其功能活动的作用。例如在腹部进行适当的手法可调整胃肠的活动，这早已被大量临床实践所证实。

促进机体活动，对于加速软组织损伤恢复的影响也可在实践中得到证明。适当的手法可调节肌肉的收缩和舒张，使组织间压力得到调节，以促进损伤组织周围的血液循环，增加组织灌流量，从而起到"活血化瘀""祛瘀生新"的作用。

不仅如此，适当的手法还可使肌肉间的力学平衡得以恢复。近年来，有人用补偿调节论来解释软组织损伤的机制，认为一旦肌肉痉挛，可引起对应肌肉的相应变化，称对应补偿调节，如左侧腰肌紧张，引起右侧腰肌的补偿调节，而腰背肌紧张，又可引起腹肌的补偿调节，这称作系列调节。对应调节和系列调节所产生的肌紧张、痉挛，同样可引起软组织的损伤反应。临床不乏见到一侧腰痛日久不愈而引起对侧腰痛，腰痛日久又引起背痛或臀部痛的病例。推拿能使肌肉间不协调的力学关系得到改善或恢复，从而使疼痛减轻或消失。

被动运动是推拿手法的一个重要组成部分。对关节粘连僵硬者，适当的被动运动则有助于松解粘连，滑利关节；对局部软组织变性者，则可改善局部营养供应，促进新陈代谢，增大肌肉的伸展性，从而使变性的组织逐渐得到改善或恢复。

综上所述，祖国医学"通则不痛"的理论，在伤筋的推拿治疗中可具体化为"松则通""顺则通""动则通"三个方面。实际上这三者是不能绝对分割的。"松""顺""动"三者有机地结合在一起，彼此密切关联，"松"中有"顺"，"顺"中有"松"，而"动"也是为了软组织的"松"和"顺"，这三者综合起来可达到"通则不痛"的目的。

任务 3
推拿对调整气血及脏腑功能的基本原理

凡疾病的发生、发展、变化与患病机体的体质强弱和致病因素的性质有极为密切的关系。病邪作用于人体，正气奋起抗邪，正邪斗争，破坏了人体的阴阳相对平衡，使脏腑气机升降失常，气血功能紊乱，从而产生了一系列的病理变化。

《素问·阴阳应象大论》中说："阴阳者，天地之道也，万物之纲纪，变化之父母生杀之本始，神明之府也。"人体内部的一切矛盾斗争与变化均可以阴阳概括，如脏腑、经络有阴阳，气血、营卫、表里、升降等都分属阴阳，所以脏腑经络的关系失常、气血不和、营卫失调等病理变化，均属于阴阳失调的范畴。总之阴阳失调是疾病的内在根据，它贯穿于一切疾病发生发展的始终，所以《景岳全书·传忠录》中说："医道虽繁，而可以一言蔽之者，曰阴阳而已。"

阴阳失调，是指人体在疾病过程中，由于阴阳偏盛、偏衰、失去相对平衡，所出现的阴不制阳、阳不制阴的病理变化，它又是脏腑经络、气血、营卫等相互关系失调，以及表里出入、上下升降等气机运动失常的概括。六淫七情饮食劳倦等各种致病因素作用于人体，必须通过机体内部的阴阳失调，才能形成疾病。

推拿对内脏功能有明显的调整阴阳平衡的作用,如肠蠕动亢进者,在腹部和背部进行适当的推拿,可使亢进者受到抑制而恢复正常。反之,肠蠕动功能减退者,则可促进其蠕动恢复正常。这说明推拿可以改善和调整脏腑功能,使脏腑阴阳得到平衡。这种调整阴阳的作用是通过经络、气血而起作用的。因为经络遍布全身,内属于脏腑,外络于肢节,沟通和联络人体所有的脏腑、器官、孔窍及皮毛、筋肉、骨骼等组织,再通过气血在经络中运行,形成了整体的联系。推拿手法作用于体表局部,在局部通经络、行气血、濡筋骨,并通过气血、经络影响到内脏及其他部位。

1.3.1 推拿对气血的作用

1.3.1.1 气血的生成

气、血是构成人体的基本物质,是正常生命活动的基础,人的生命活动是气、血运动变化的结果。人体中最基本的气是元气,它的生成有赖于肾中的精气,水谷精气和自然清气结合,其生理功能的发挥有赖于气机的调畅。血是由脾胃运化的水谷精气化生而成。血与营气共行脉中,在心、肝、脾的作用下流注全身,起濡养全身肢体脏腑的作用。

由此可见,气、血的生成都需水谷精微的充分供给,而这又有赖于胃的受纳腐熟功能及脾的运化功能。脾的运化功能包括消化、吸收及输布精微诸方面。推拿是通过健脾胃,促使人体气、血的生成,同时通过疏通经络加强肝的疏泄功能来促进气机的调畅,这样又加强了气生血、行血、摄血的功能,促进或改善人体生理循环,使人体气血充盈而调畅。《灵枢·平人绝谷》中说:"血脉和利,精神乃居。"

1.3.1.2 推拿对脾胃功能和气血循行的作用

气血乃是人体生命活动的物质基础,其充足与否直接影响到脏腑的生理功能,然而先天之精需得脏腑精气的培育,气血充盈通顺须赖五脏六腑的生化,

脏腑气机的调畅。脾胃乃后天之本、气血生化之源，因此脾之健运、胃之受纳是人体生理功能的基本保证。

胃主受纳主降，脾主运化主升。胃的受纳腐熟水谷为脾的运化提供了来源。脾的运化又是胃继续受纳的必要条件。脾必须把水谷精微上输至肺，这种输布作用称为"升"。胃必须向下传送食物，不使其停留才能完成消化过程，所以说"胃以通降为顺"。

推拿对脾胃的调节主要是通过加强胃腑功能、调畅气机而实现的，临床治疗经常用摩腹来促进胃的通降功能；用一指禅推、揉、按等法治疗脾俞、胃俞、足三里或用擦法，在背部督脉及脾胃区域治疗，以促进脾胃及全身气血的运行，达到增强脾运化功能的作用。推拿对气血运行的作用，除了通过疏通经络和加强肝疏泄功能达到外，还可通过手法的直接作用来改变气血运行的系统内能，达到促进气血运行的作用。

1.3.2 推拿的补泻作用对内脏功能的调节

"虚者补之，实者泻之"，是中医治疗的基本法则之一。"补"乃补正气之不足。凡能补充人体物质之不足或增强人体组织某一功能的治疗方法，即谓之"补"。"泻"乃泻邪气之有余。凡是有直接祛除体内病邪的作用，或抑制组织器官功能亢进的治疗方法，则谓之"泻"。"补"和"泻"虽是两种作用相反的对立面，但又相互关联。它们的共同目的都是调节阴阳，增强人体的正气，所以补、泻之间是对立统一的关系。

临床实践证实推拿对促进机体功能确实有很大的作用。例如：推拿特定的部位对促进胃肠蠕动的作用，对气血运行的影响等。同时推拿也具有一定的抑制机体机能亢进的作用。例如：推拿颈项部（桥弓穴）有平肝潜阳的作用，点按脾俞、胃俞有缓解胃肠痉挛的作用等。因此，推拿治疗虽无直接补、泻物质进入体内，但依靠手法在体表一定部位的刺激，可起到促进机体功能和抑制其亢进的作用，就这些作用的本质来看，是属于"补""泻"范畴。

推拿治疗中补、泻作用乃是手法刺激在人体某一部位，使人体气血津液、经络脏腑产生相应的变化。因此推拿的补泻必须根据病员的具体情况，把手法的轻重、方向、快慢，刺激的性质及治疗的部位相结合起来，才能体现出来。

1.3.2.1　手法刺激性质与量对内脏的"补""泻"作用

对某一脏腑来说，弱刺激能活跃兴奋生理功能，强刺激能抑制生理功能。例如：脾胃虚弱，则在脾俞、胃俞、中脘、气海等穴用轻柔的一指禅推法进行较长时间的节律性刺激，可取得较好的效果；胃肠痉挛则在背部相应的俞穴用点、按等较强烈的手法做较短时间的刺激，痉挛即可缓解。对高血压的治疗也是如此，由于肝阳上亢而致的高血压，可在颈项部（桥弓穴）用推、按、揉、拿手法做较重的刺激，以起到平肝潜阳的作用，从而降低血压；由于痰湿内阻而致的高血压，则可在腹部及背部脾俞、肾俞用推摩等手法，做较长时间的轻刺激，以健脾化湿，从而使血压降低。

由此可知，作用时间较短的重刺激可抑制脏器的生理功能，可谓之"泻"；作用时间较长的轻刺激可活跃兴奋脏器的生理功能，即可谓之"补"。从这一意义上说，重刺激为"泻"、轻刺激为"补"，但这种因手法刺激的轻重所起的补、泻作用，其补泻的压力分界量，是因个人的体质以及各个不同刺激部位接受刺激的阈值而异。在临床上则是以病员有较强烈的酸胀感和较轻微的酸胀感来作分界量，当然这仅是一个近似值。

但是，推拿手法对内脏的补、泻作用，除了和手法的轻重有关外，还和具体的刺激部位有密切关联。因此，根据疾病选择适当的治疗部位，根据病情和病员的体质采用不同量的轻重手法，根据不同的治疗部位选用相适应的手法，是推拿补泻作用的关键。

1.3.2.2　手法频率和方向与"补""泻"的关系

手法频率在一定范围内的变化，这仅是个量的变化。但超过一定范围的变化，则可出现从量变到质变的飞跃。如在临床运用中，频率高的"一指禅推"，常用在治疗痈肿疮疖等外科疾病上，有活血消肿、托脓排毒的作用。而一般频率的一指禅推法，对外科的痈疖却是不适宜的。因为高频率的"一指禅推法"（缠法）相对一般频率的"一指禅推法"来说，手法操作特点是作用面积小、压力轻、摆动的振幅小。因此每一次手法摆动的能量释放相对比一般的小，能量扩散也相应减少，这样每次手法对作用面外的组织影响就显著减小，从而减少病灶扩散的机会，消除了手法对外科痈疖治疗的副作用。

手法的频率虽高，治疗的总能量却不变，作用面积小，能量扩散少，将使单位面积的有效能量（深透）增大；再加上选择适应的治疗部位，这样既可起"清、消、托"的作用，又可克服对周围组织挤压的副作用，这种手法谓之"泻"，反之则为"补"法。古人对手法频率与补、泻的关系也有记载，周于蕃曰："缓摩为补，急摩为泻。"

历代文献中有关补泻的记载，虽然大部分用于小儿推拿，但临床上在治疗成人病症时，也常涉及手法方向的补泻问题。如在腹部摩腹，手法操作的方向与在治疗部位移动的方向均为顺时针时，有明显的通便泻下作用；若手法操作的方向为逆时针，而在治疗部位移动的方向为顺时针，则可使胃肠的消化功能明显增强，起健脾和胃的作用。前者为泻，后者为补。

综上所述，推拿在治疗中首先要仔细辨证，其次根据"扶正祛邪"或"祛邪存正"的原则，确定补泻方法，这样才能充分发挥推拿的治疗作用。

1.3.3　治疗部位的选择

推拿手法通过其刺激的强弱，作用时间的长短，频率的快慢以及手法方向的变化等各种不同性质和量的刺激作用于体表的经络腧穴，从而对具体的脏腑起补泻作用。因此在对具体脏腑病症的治疗部位（穴位）进行选择时，要特别注意穴位的性能。

1.3.3.1　五输穴

输穴，同腧穴，泛指全身穴位，也是五输穴之一，出自《灵枢·九针十二原》。十二经脉在四肢肘、膝以下各有井、荥、输、经、合五个特定穴，称为五腧穴。《灵枢》中说："病在脏者，取之井；病变于色者，取之荥；病时间时甚者，取之输；病变于音者，取之经；经满而血者，病在胃；及以饮食不节得病者，取之合。"《难经·六十八难》还做了补充解释，说："井主心下满，荥主身热，输主体重节痛，经主喘咳寒热，合主逆气而泄。"五腧中的合穴，对治疗腑病有着重要作用。《灵枢·邪气脏腑病形》篇说："荥输治外经，合治内腑。"治疗六腑病的合穴，又以足三阳经的合穴为主。胃、膀胱、胆出于足三阳，而大肠、小肠、三焦虽然上合于手经，同时也出于足三阳。如《灵枢·本输篇》所说的："六腑皆出足三阳，上合于手者也。"这是因为六腑居于腹部，与足经的关系密切，所以在足三阳经上各有其合穴。胃合于足三里，大肠合于上巨虚，小肠合于下巨虚，都属于足阳明胃经。《灵枢·本输篇》又说："大肠、小肠皆属于胃"，说明其生理功能是上下相承的。膀胱合于委中，三焦合于委阳，都属于足太阳膀胱经，是由于三焦水道出属膀胱的关系。胆合于阳陵泉。以上即为六腑的下合穴。推拿治疗腑病时，可选取有关合穴。

1.3.3.2　原穴

原穴是脏腑原气所经过和留止的穴位。《灵枢·九针十二原篇》中说："五脏有疾也，应出十二原。"《难经》中说："五脏六腑之有病者，皆取其原也。"阴经的原穴即五腧穴中的输穴，两者是相同的。阳经则于输穴之外，另有原穴。肺原于太渊；心包原于大陵；心原于神门；肺原于太白；肝原于太冲；肾原于太溪；大肠原于合谷；三焦原于阳池；小肠原于腕骨；胃原于冲阳；胆原于丘墟；膀胱原于京骨。推拿对脏病的治疗常取有关原穴。

1.3.3.3 络穴

络穴是络脉所属的穴位。络穴对于疏调表里经病患最为常用。表病及里或里病及表的，可取其相合的络穴。

在四肢部，十二经各有一络穴，沟通表里两经之间的相合关系，在躯干部的前、后、侧又有任脉、督脉络和脾之大络，散布于一定的部位，总为十五络穴。肺络于列缺；大肠络于偏历；胃络于丰隆；脾络于公孙；心络于通里；小肠络于支正；膀胱络于飞扬；肾络于大钟；心包络于内关；三焦络于外关；胆络于光明；肝络于蠡沟；任脉络于鸠尾；督脉络于长强，脾之大络为大包。

1.3.3.4 郄穴

郄穴是指经脉气血曲折汇聚的孔隙。郄穴多用于治疗急性病症，如本经脏腑经络之气突然闭塞时所发生的急性病症、痛症。

在四肢部，十二经郄穴之外，阴跷、阳跷、阴维、阳维四奇经亦各有郄穴，总为十六郄穴。手太阴之郄是孔最；手厥阴之郄是郄门；手少阴之郄是阴郄；手阳明之郄是温溜；手少阳之郄是会宗；手太阳之郄是养老；足太阴之郄是地机；足厥阴之郄是中都；足少阴之郄是水泉；足阳明之郄是梁丘；足少阳之郄是外丘；足太阳之郄是金门；阳跷脉之郄是跗阳；阴跷脉之郄是交信；阳维脉之郄是阳交；阴维脉之郄是筑宾。

1.3.3.5 背俞穴与腹募穴

背俞穴是五脏六腑之气输注于背部的一些特定穴位。腹募穴是脏腑之气聚集于腹部的一些特定穴位。推拿临床常用背俞穴与腹募穴相配，用于治疗有关的各脏腑病症，有调整脏腑功能的作用，而且通过对脏腑功能的调整，还能治疗与脏腑有关的周身和五官疾患。

1.3.3.6 八会穴

八会穴是指脏、腑、气、血、筋、脉、骨、髓八者的会合穴。脏会于章门；腑会于中脘；气会于膻中；血会于膈俞；筋会于阳陵泉；脉会于太渊；骨会于大杼；髓会于绝骨。《难经·四十五难》中说："热病在内者，取其会之气穴也。"推拿临床应用，不限于热病，而着重在内症。任何脏腑疾病都可取其有关的会穴。

1.3.3.7　八脉交会穴

八脉交会穴是四肢通于奇经八脉的八个穴位，八脉交会穴分布在上肢和下肢，应用时应上下配合，其配伍是：足太阴通冲脉，会于公孙；手厥阴通阴维，会于内关；手太阳通督脉，会于后溪；足太阳通阳跷，会于申脉；足少阳通带脉，会于足临泣；手少阳通阳维，会于外关；手太阳通任脉，会于列缺；足少阴通阴跷，会于照海。八脉交会穴在治疗上适用于有关奇经的病症。

1.3.3.8　交会穴

一穴同属于数经者，称交会穴。也即数条经脉经过这一穴位，其中主要的一经，称为本经，相交会的经为邻经。这类穴位一般都能主治其本经及邻经的有关病症。

推拿的延伸——九禽形意推拿功法

"九禽形意推拿功法"的前身为"形意功法"，由一位修炼的高道在一千多年前创立，具体时间及人物现已无从

考证。"形意推拿功法"既能治病又能强身，它历经上千年的演变、发展，于唐代进入宫廷，专为皇室宗亲调治疾病，强身健体，"形意功法"也因此被锁深宫无缘大众！

朝代更迭，"形意推拿功法"重新流传民间，以口为媒，薪火相传。至清末民初，"形意功法"以"王氏祖传"方式传至山东武师王仲伯，王仲伯传予王寿山；王寿山因自幼习武，武功超群，18岁即获任国民党23师宪兵司令部武术教官。

新中国成立后，王寿山由于历史原因，被发配至重庆电厂当锅炉工。身怀绝技的王寿山因被限制行为，而无从施展所承功法，直至1971年认识王正国，"形意功法"才有了历史性的传人！王正国常说的一句话叫："学其形，而求其意；形易学，而意难求！"这是他对"形意"二字最为深刻和精辟的诠释。

2015年"九禽形意推拿功法"被列入重庆市渝北区级"非物质文化遗产"；2016年被列入重庆市级"非物质文化遗产"。目前，"九禽形意推拿功法"共有市级非遗传人4人，区级非遗传人8人；其非遗传人数量之多，在重庆非遗界当属仅有。

1.4.1　含义

九禽形意功法中的"九"是泛指，在中国"九"是最大的数字，在此寓意许多；而"禽"则是自然界多种动物的合称；"形"是效法自然界万物的生命形态，作为功法练习的基础，同时应用于治疗过程中；"意"则是功法的核心所在，这个"意"是意念、意识、意象的结合，是"九禽形意功法"的精髓。结合起来，九禽形意功法是指学习各种动物的形态而求其意，以"解瘀祛腐"的核心理念为基础而达到锻炼自身和解除他人病痛为目的的道家功法。九禽形意功法既秉承了中医传统思想，又有自己独特的看法。

1.4.2　九禽形意功法中的应用

对九禽形意功法的理论基础影响较大的理论学说为：阴阳学说、五行学说、精气学说以及经络学说。九禽形意功法理论总结起来有以下几个特点：

1.4.2.1　整体性

（1）将人本身看成整体

无论是阴阳学说还是五行学说，都需要将人按照整体进行对待，不能分割开来。阴阳学说认为人是由阴阳二气组成的，它们之间既同消同长又此消彼长，并且阴中有阳、阳中有阴；五行学说认为人是由五行所构成的，它们之间相生相克。无论是哪一种学说，它们都有一个共同点：人始终处于一种动态制约平衡之中。其中一点平衡被打破，整个机体都会出现问题。具体来讲，九禽形意功法在为客户调理时将人体看成整体，即使局部出现问题，比如肩颈痛、腰痛或者膝盖痛等，不加以重视，局部问题就会逐步转变成为全身问题，解决问题需从整体入手。当人体周天循环通畅之后，局部问题会因为整体的循环通畅而自然消亡，这就是我们常说的"整体带动局部"。

（2）将人与自然环境看成整体

精气学说之中讲到天地万物是由气组成的，气是构成宇宙的本源。由此可以推断人和整个自然环境都是由精气组成的，人就是整个自然界中的一部分。九禽形意功法之中有一种练习的方法叫作"采气法"，它以身体为媒，采集宇宙之气、日月之气、天地万物之气聚集于丹田；当体内的气到达顶点，又将体内之气反馈回宇宙之内，从而使人与宇宙形成了一种动态良性循环。这就与精气学说理论不谋而合，万事万物的构成本源为气，它们之间必然会存在着相互关联。

1.4.2.2　规律性

（1）遵循人体自身规律

白天精力旺盛，夜晚休眠，这些都是人必须要遵守的规律。九禽形意功

法主要遵守人的生活规律，九禽形意功法分为锻炼功法与调理手法两大类，两者相辅相成。锻炼功法作为基础，是我们了解人体运动轨迹和拉伸极限的必要途径，通过功法的锻炼既可软化自身经络，又让我们了解身体各个关节的拉伸极限。我们将锻炼功法中总结的运动规律和拉伸极限规律，运用到调理手法之中，这样可以避免在为患者调理时因超出当前极限而出现不必要的损伤。这就是我们常说的"功法指导手法"与"术受合拍"。

（2）遵循由于自然原因而影响人体所产生的规律

我们生活的地球一天分成白天和黑夜，一年分成春、夏、秋、冬四季。人在不同的时候、不同的方位乃至不同的季节都会呈现不同的状态。比如四季的规律为"春暖夏热秋凉冬寒"，那么人就应该遵循自然规律。作为调理手法，夏天时身体的经络相对柔软，冬天相对僵硬，我们在针对同一个人不同时期时就要根据当时的情况作出具体的方案。比如夏天调理时间间隔可长一点，冬天调理时间间隔短一点；夏天身体柔软力度使用较重，冬天身体僵硬力度使用较轻。这就是我们常说的"因地制宜，因时制宜"。

1.4.2.3　功法对经络的理解

经络是中医理论的说法，是经脉与络脉的总称，是运行全身气血、联络脏腑形体官窍、沟通上下内外、感应传导信息的通路系统，是人体结构的重要组成部分。

功法中关于经络的内容以十二经脉为主，它们纵贯全身，以手足、阴阳和五脏六腑来命名，分别是：手太阴肺经、手少阴心经、手厥阴心包经、手阳明大肠经、手少阳三焦经、手太阳小肠经；足太阴脾经、足少阴肾经、足厥阴肝经、足阳明胃经、足少阳胆经、足太阳膀胱经。

经络又是由穴位组成的。中医之中有一门技术是专门针对穴位的，那就是针灸。针灸师认为用特制的金属针，按一定穴位，刺入患者体内，运用捻、提等手法能达到治病的目的。这就与功法的理念不尽相同。我们认为针灸作用于穴位之上，它的能量太小，不能刺激到整条经络；而九禽形意功法运用独特的手法体系，不针对个别穴位，直接作用于经络之上，这样所产生的能量才能达到软化经络、解瘀祛腐的效果，从而达到治病的目的。

1.4.2.4 调理手法中力的运用

"九禽形意功法"以指、掌、臂、肘为施功媒介，对患者病变周边组织视具体情况，施以螺旋力、振动力、抖动力、伸张力。每种手法的选择和力量的施加，都有十分严格的要求。

（1）螺旋力

螺旋力的主要作用在于深层病变组织的径向软化，由"病相三层"学说我们了解到，多数"运动伤后遗症"导致的病变都处于人体的深层组织。如果垂直切向施力，很难到达病变部位。如果简单的径向拉伸，又很容易对机体组织产生新的伤害；唯有螺旋施力，才具有极强的渗透性，才能循序渐进深入病变部位，达到"软坚化结"解除"瘀阻"的效果。

（2）振动力

振动力主要作用于患者头部及躯干，它的目的在于，以体外施加的振动力激发患者机体组织的活力，使整个机体组织，随外力一起产生同步振动，增强脑部及脏腑器官组织软坚化结的效果。

（3）抖动力

抖动力主要作用于上肢的各个关节部位，在抖动的同时，抖动力以 S 形波的形式，通过腕关节向上传递。其作用在于使原本粘连的各关节周边组织实现径向拉伸、软化，增强螺旋力的施功效果，协助解决关节周边组织的瘀阻。

（4）对应力

对应力主要作用于肩、脊柱、腰、髋关节及腿部关节等部位。其作用是弥补螺旋力在这些部位的施加不足，使这些部位原本粘连的关节周边组织，在径向上产生较强的拉伸力，达到软坚化结的效果。

无论是螺旋力、振动力、抖动力还是对应力，它们的施加原理都是以"人体轨迹运动"学为指导，对病变组织进行软坚化结。只有充分掌握轨迹运动的相关知识，按照其规律和特点，使各关节点的运动角度达到极致，才能产生变化，才能使功法的施加产生应有的功效。"极致生变"是自然的大道，也是"九禽形意功法"理论的核心思想之一。

任务5　推拿介质

推拿操作过程中，在应用推、擦、搓、揉等一些手法时，常在手上或患部涂一点类似润滑剂的物质，这就是通常所说的推拿介质。常用推拿介质主要包括以下两类：

第一类：避免伤害类介质

推拿需对患者皮肤进行反复操作，应对患者皮肤比较细嫩部位，或应避免造成皮肤损伤的部位，通过使用保护性介质，避免造成皮肤损伤。

第二类：辅助治疗类介质

此类介质具有活血化瘀作用，同时挥发性较高，如番红花油、活络油类，可通过皮肤毛孔吸收，起到增加治疗效果的作用。

现介绍几种常用、易备的介质，普通治疗时可根据具体病症灵活选用。

（一）冬青膏

配制：以冬绿油（水杨酸甲酯）与凡士林按 1∶5 比例混合调匀而成。

功效：消肿止痛，祛风散寒。

适用：一切跌打损伤的肿胀、疼痛，以及陈旧性损伤的寒性痛症等。

（二）麻油

功效：祛风清热，和血补虚。

适用：久病虚损或年老体弱、婴幼儿等。

（三）葱姜汁

配制：取葱白、鲜生姜等量切碎、捣烂，按1∶3比例浸入95%酒精中，停放3~5日后，取汁液应用。

功效：通阳解表，温中行气。

适用：风寒引起的感冒、头痛等症，以及因寒凝气滞而致的脘腹疼痛等。

（四）鸡蛋清

配制：将生鸡蛋（鸭蛋亦可）一端磕一小孔后，悬置于容器上，取渗出蛋清应用。

功效：除烦去热，消积导滞。

适用：热病、久病后期，手足心热，烦躁失眠，嗳气吐酸等病症。

（五）白酒

配制：浓度较高的粮食白酒或药酒。

功效：温通经络，活血止痛。

适用：损伤疼痛日久或麻木不仁，手足拘挛，腰膝痿软无力及瘀肿等病症。

（六）滑石粉（医用滑石粉或爽身粉等均可）

功效：干燥除湿，润滑皮肤。

适用：婴幼儿及皮肤娇嫩者，以及在炎热夏季手法操作时应用。

（七）薄荷水

配制：取鲜薄荷叶（可用干薄荷叶替代，但量需加倍），浸泡于适量的开水中，容器加盖停放1日后，去渣取汁液应用。

功效：清凉解表，祛暑除热。

适用：一切热病，如发热或局部红肿热痛诸症，以及夏日治疗时应用。

除以上介绍的介质外，尚可采用成品外用药物，如跌打万花油、红花油等。

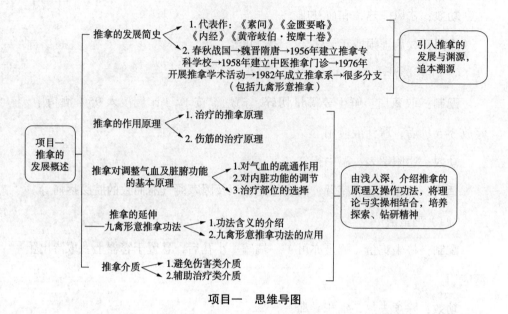

项目一　思维导图

目标检测一

一、单选题

1. 我国第一部按摩专著是（　）。

A.《黄帝岐伯·按摩十卷》　　　　　B.《金匮要略》

C.《抱朴子·内篇·遐览》　　　　　D.《千金要方》

答案 A

2.《内经》中《素问》有（　）篇论及推拿。

A. 5　　　　B. 1　　　　C. 10　　　　D. 9

答案 D

3. 推拿治疗的关键在于（　）。

A. 通　　　B. 按摩　　　C. 放松　　　D. 愉悦

答案 A

4. 舒筋通络的作用是（　）。

A. 使紧张痉挛的肌肉放松，但不能让气血得以畅通

B. 不影响痉挛的肌肉放松，也不影响气血的畅通

C. 不影响痉挛的肌肉放松，只让气血得以畅通

D. 使紧张痉挛的肌肉放松，气血得以畅通

答案 D

5. 推拿介质是指（　）。

A. 涂抹在皮肤表面的物质

B. 在应用推、擦、搓、揉等一些手法时，常在手上或患部涂一点类似润滑剂的物质，这就是通常所说的推拿介质

C. 有助于保护皮肤的保护性介质，这就是通常所说的推拿介质

D. 常在手上或患部涂一点类似润滑保湿的物质，这就是通常所说的推拿介质

答案 B

二、简答题

1. 推拿对气血流通有何作用？

2. 请简单说说对九禽形意推拿功法影响较大的理论学说有哪些？

3. 推拿介质的种类有哪些？

项目

2

实用推拿常用手法

学习目标

了解十二经脉穴位规律；
了解奇经八脉的规律；
熟悉常用推拿手法；
能够寻找常见穴位。

任务 1 十二经脉穴位主治规律

2.1.1 十二经脉穴位主治规律

十二经脉对称地分布于人体的两侧，分别循行于上肢或下肢的内侧或外侧，每一经脉分别属于一个脏或一个腑。所以，十二经脉中每一经脉的名称，包括手或足、阴或阳、脏或腑三个部分。手经行于上肢，足经行于下肢；阴经行于四肢内侧，属脏；阳经行于四肢外侧，属腑。

2.1.1.1 手三阴经（起于胸部，至于手指端）

手太阴肺经腧穴，多治疗呼吸系统疾病；主治胸、喉、气管、鼻、肺和同肺有关的病症。手少阴心经腧穴，多治疗循环系统疾病和神志病；主治心、胸、舌及精神情志病和同心有关的病症。

手厥阴心包经腧穴，多治疗循环系统疾病和神志病；主治心包、心、胸、胁、胃及精神情志病。

2.1.1.2 手三阳经（起于手指端，至于头面部）

手阳明大肠经腧穴，主治头、面、眼、耳、口、齿、鼻、喉及热性病和全身疾病。

手少阳三焦经腧穴，主治头、耳、眼、喉、腮、胸胁及热性病。手太阳小肠经腧穴，主治头、项、耳、眼、喉及热性病、神志病。

2.1.1.3 足三阳经（起于头面部，至于足趾端）

足阳明胃经腧穴，多治疗消化系统疾病，主治头、额、面颊、口齿、鼻、咽、胃、肠及热性病、精神疾患和同胃有关的病症。

足太阳膀胱经腧穴，主治头、项、鼻、目、腰背、肛门及热性病和精神疾患。

足少阳胆经腧穴，主治侧头、耳、鼻、目、胆、肋及热性病。

2.1.1.4 足三阴经（起于足趾端，至于胸腹部）

足太阴脾经腧穴，多治疗消化、生殖和泌尿系统疾病，主治脐腹、脾、胃、肠及血症和同脾有关的病症。

足少阴肾经腧穴，多治疗生殖、泌尿系统疾病和脑髓、骨骼疾患，主治腰、小腹、咽喉、耳、齿、目及精神疾患和同肾有关的疾症。

足厥阴肝经腧穴，多治疗精神情志和一些神经系统疾病，主治侧腹、胁肋、小腹、肝、胆、阴器、头、项、眼目疾患和同肝有关的病症。

2.1.2 奇经八脉穴位主治规律

奇经八脉在经络系统中，是重要内容之一，其中任督二脉有本脉所属腧穴和主治病症，其余六条脉没有本脉所属腧穴，只有与其他经脉的交会穴。

奇经八脉是将性质与作用相似的经脉联系起来，对十二经脉起到统率和主导作用。督脉为"阳脉之海"，联系人体诸阳经，同时与肾、脑以及肝经有联系。它能调节诸阳经经气和真元。任脉为"阴脉之海"，具有妊养和总调阴经经气的作用，妇女的胎、产、经、带诸病均与阴血有关系，故有"任主胞胎"之说。冲脉起于胞中与任、督二脉合称为"一源三歧"，冲脉与足少阴肾经、足阳明胃经相联系。肾为先天之本，原气生发之根；胃为后天之本，生化之源，故称冲脉为"十二经脉之海"。带脉能约束躯体纵行的诸经，调节其经气。阴阳跷脉分布于下肢的内外侧，阴跷脉主持阴经，阳跷脉主持阳经，对下肢内、外侧的阴经和阳经有统率和协调作用。阴维脉和阳维脉有"维系""维络"人身阴经和阳经的功能，阳维脉主持一身之表，阴维脉主持一身之里。所以说奇经八脉对十二经脉的组合起统率、主导、沟通及联络作用。

奇经八脉纵横交错循行于十二经脉之间，当十二经脉和脏腑之气旺盛时，奇经则加以储蓄；当十二经脉生理功能需要时，奇经又能渗灌供应，因此奇经有调节十二经经气的功能。任脉脐下部腧穴主治泌尿、生殖、消化系统疾病及寒性病症和原阳、原气不足的病症；腹部腧穴主治胃、肠、消化道疾患；胸颈部腧穴主治心、肺、胸、咽喉和舌疾患。

督脉上部（头及颈部）腧穴主治头脑、项背及热性病和精神情志疾患；中部（胸椎部）腧穴主治心、肺、心包、肝、胆、脾、胃和脊椎疾患，对脏腑病次于相应背俞穴的疗效；下部（腰、骶部）腧穴主治肾、膀胱、大小肠和肛门、腰、骶疾患，对肾、膀胱、大小肠病症次于相应背俞穴的疗效。

任督二脉腧穴主治所在处组织脏器病变，又主治全身性疾病。对奇经病症的治疗可取用八脉交会穴，如督脉病取后溪；任脉病取列缺；冲脉病取公孙；阳跷脉病取申脉；阴跷脉病取照海；阴维脉病取内关；阳维脉病取外关；带脉病取足临泣。也可取其他有关经穴治疗，如角弓反张症，属督脉病，可取风府、百会以熄风止痉。又如崩漏，多由肝不藏血，脾不统血，肾失收藏，或中气下陷不能摄血所致，这是冲、任二脉受损的缘故，可取阴交、关元治疗等。

2.1.3 头、颈、躯干、肱股部穴位主治规律

头部腧穴： 除均有主治穴位所在处的局部病变外，百会穴还有升举、熄风、清脑的作用。

面部腧穴： 除均有主治穴位所在处的局部病变外，人中穴还有醒神开窍、调和阴阳、镇静安神、解痉通脉等作用。

眼区腧穴： 主治眼及眼区病。

耳区腧穴： 主治耳及耳区病。

颈项部腧穴： 除分别主治所在处颈、项、咽、喉、舌等局部病变外，天突

穴还有镇咳、定喘、降痰利气的作用，风府穴还有祛头脑之风的作用，风池穴还有熄风、清脑、明目的作用。

背部俞穴：除均有主治穴位所在处的局部病变和穴位下相应脏腑器官的疾病外，还有以脏象和以脏腑之气输注之处命名的背部俞穴，如心俞、肺俞、肝俞、脾俞、肾俞、胆俞、大肠俞、胃俞、魂门、神堂、意舍、志室、阳刚、灵台、神道等，主治该脏腑病症。如心俞穴主治心的病症，肝俞穴主治肝的病症，肾俞穴主治肾的病症，神堂穴治疗心的病症，阳刚穴治疗胆的病症，灵台穴治疗心的病症。另外，大椎、陶道、命门、风门、大杼、臑俞等穴还有整体作用，如大椎穴退热、解表、截疟，命门穴壮真阳，风门穴祛风等。

腹部腧穴：除主治穴下相应脏腑病症外，腑病宜选用该腑募穴。胸、胁部腧穴除均有主治所在处的局部病变外，膻中穴还有定喘、通乳、调气的作用，期门穴还有疏肝理气、平肝解郁的作用，章门穴还有调肝脾、疏肝气的作用，中府穴还有调补肺气的作用。

肩、髋部腧穴：多主治穴位所在处的局部病和所在上、下肢经线上的病变。

肱、股部腧穴：多主治穴位所在处的局部病，个别腧穴治疗上、下肢所在经线上的病变。肢体下端肘膝以下腧穴能治疗其经脉所过的远部病症。

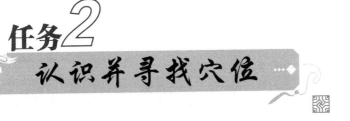

任务*2* 认识并寻找穴位

2.2.1 穴位的数量

穴位就在"经络"——能量的通路上。人体五脏六腑"正经"的经络有

12 条（左右对称共有 24 条）。另外，身体正面中央有"任脉"，身体背面中央有"督脉"，各有一条特殊经络，纵贯全身。这 14 条经络上所排列着的穴位，称为"正穴"，共有 365 处。经络以外的穴位，称为"正穴"，后来又陆续发现了"新穴"，这些穴位若全包括，总数远超过 1000 个。

无论多么专业的人也无法全部熟记这些穴位的名称，更不要说运用自如了。不过，治疗常见病不需要这么多的穴位。事实上，只要熟知与其相关的穴位，便可充分地进行穴位医疗。结合症状或疾病，好好地运用这些穴位，每个人都可进行穴位治疗。

2.2.2　找穴道的诀窍

穴位疗法最难的是穴位的找法。没有什么比穴位疗法更适宜作为家庭疗法的。但因找穴位困难，而不被广泛使用。

寻找穴位的诀窍：

穴位，也就是出现反应的地方。身体有异常，穴位上便会出现各种反应。这些反应包括：

①用手指一压，会有痛感（压痛）；

②以指触摸，有硬块（硬结）；

③稍微刺激，皮肤便会刺痒（感觉敏感）；

④出现黑痣、斑（色素沉淀）；

⑤和周围的皮肤产生温度差（温度变化）等。

这些反应有无出现，是有无穴位的重要标志。

若找到本书所提到的穴位，先压压、捏捏皮肤看看。若出现前述的反应，即可判断有穴位在。另外，本书在穴位的找法中，频频出现"两指宽""三指宽"等字眼，这是计算穴位位置时的基准，有"同身尺寸"之说。例如，"一指宽"是指大拇指最粗部分的宽度；"两指宽"则是指食指与中指并列，第二关节（指尖算起的第二个关节）部分所量的宽度。手指的大小、宽度，依年龄、体格、性别而有极大的不同。以此法探寻穴位位置时，务必以患者的指宽度来找（见图 2-1）。

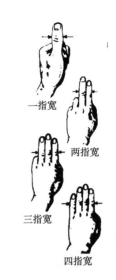

一指宽

两指宽

三指宽

四指宽

图 2-1 穴位位置基准

2.2.3 牢记骨骼组织

为了找出穴位，请一定要了解有关身体的骨骼组织，尤其是脊椎骨。脊椎骨是由颈部至臀部贯穿身体中央的骨，由上而下，依序是颈椎（7 个）、胸椎（12 个）、腰椎（5 个）、骶骨、尾骨。脊椎骨上有可从外部触摸到的凸骨，这是找穴位时的重要依据。

在找脊椎部的穴位时，数凸骨就可发现穴位，不过，并不需总是从最上面颈椎的凸骨开始数起。因此，可利用下列的方法，找出作为基准的棘突（表 2-1）。

表 2-1 常用骨度分寸表

部位	部位起止点	常用骨度	度量法	说明
头部	前发际至后发际	12 寸	直寸	如前后发际不明，从眉心量至大椎穴作 18 寸，眉心至前发际 3 寸，大椎穴至后发际 3 寸
	耳后两完骨（乳突）之间	9 寸	横寸	用于头部的横寸
胸腹部	天突到歧骨（胸剑联合）	9 寸	直寸	1. 胸部与胁肋部取穴直寸，一般根据肋骨计算，每一肋骨折作 1 寸 6 2. "天突"指穴名的部位
	歧骨至脐中	8 寸		
	脐中至横骨上廉（耻骨联合上缘）	5 寸		
	两乳头之间	8 寸	横寸	胸腹部取穴的横寸，可根据两乳头之间的距离折量。女性可用左右缺盆穴之间的宽度来代替两乳头之间的横寸
腰背部	大椎以下至尾骶	21 寸	直寸	背部腧穴根据脊椎定穴。一般临床取穴，肩胛骨下角相当第七（胸）椎，髂峭相当第 16 椎（第 4 腰椎棘突）。背部横寸用患者中指同身尺寸折量

续表

部位	部位起止点	常用骨度	度量法	说明
上肢部	腋前纹头至肘横纹	9寸	直寸	用于手三阴、手三阳经的骨度分寸
	肘横纹至腕横纹	12寸		
侧胸部	腋以下至季肋	12寸	直寸	"季肋"指11肋端
侧腹部	季肋以下至髀枢	9寸	直寸	"髀枢"指骨大转子
下肢部	横骨上廉至内辅骨上廉	18寸	直寸 直寸	用于足三阴经的骨度分寸。"膝中"的水平线：前面相当犊鼻穴，后面相当委中穴
	内辅骨下廉至内踝尖	13寸		
	髀枢至脐中	19寸		
	膝中至外踝尖	16寸	直寸	用于足三阳经的骨度分寸
	外踝尖至足底	3寸		

　　头往前低下时，脖子后面所露出的块骨，就是第7颈椎骨。而第7颈椎骨下面的一个背骨突出处，即是第一胸椎骨。若以线连接左右两边肩胛骨的下端，正好是第7胸椎骨和第8胸椎骨间的突起处。

　　腰的左右边有极突出的"髂骨"，而连接其左右侧上端之线，则为第4腰椎棘突之突起处，这也是系腰带的位置。其他，如锁骨、肩胛骨、肋骨、尺骨、髂骨、耻骨、髌骨（膝盖骨）、胫骨等在身体的何处，请阅读插图（图2-2）加以确认。

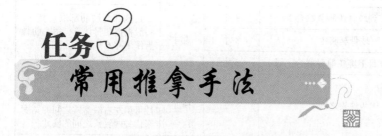

任务3 常用推拿手法

　　用手或肢体其他部分，按各种特定的技巧动作，在体表操作的方法，称推拿手法。手法是推拿治病的主要手段，其熟练程度及如何适当地运用，对治

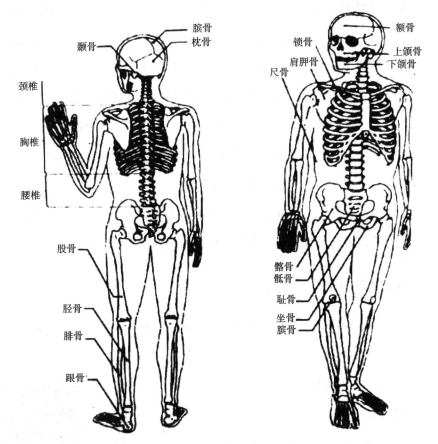

图 2-2　骨骼组织图

疗效果有直接的影响。因此，要想进一步提高疗效，除了辨证确切、认真负责外，在适当的穴位或部位上运用相宜的手法，显然是一个重要的环节。

推拿的手法要求持久、有力、均匀、柔和。持久是指手法能持续运用一定时间；有力是指手法必须具有一定的力量；均匀是指手法动作要有节奏，速度不要时快时慢，压力不要时轻时重；柔和是指手法要"轻而不浮，重而不滞"，用力不可生硬粗暴，不可用蛮力，变换手法动作要自然。以上四点是有机联系的。要熟练掌握各种手法，必须坚持不懈地练习和实践。在练习过程中，要循序渐进，由生而熟，熟能生巧，乃至得心应手，运用自如，以达到"一旦临症，机触于外，巧生于内，手随心转，法从手出"的要求。

推拿手法的种类很多，手法名称亦不统一，有的手法动作相似，但名称不同，如按法、压法等。有的名称相同，而手法动作却不一样，如一指禅推法与推法。有的把两种手法结合起来组成复合手法，如按摩、按揉等。有以手法外形来命名的，如推、拿、按、摩、擦、拍等。有的以手法作用命名，如顺、理、疏、和等。这些都是历史遗留下来的问题。为了便于推拿的学术交流和对手法的学习研究，我们以手法的动作形态作为手法的命名原则，在此前提下要注意尊重历史遗留下来并已被广泛应用的名称。

根据手法的动作形态，推拿手法可归纳成为摆动类、摩擦类、振动类、挤压类、叩击类和运动关节类六类手法，每类各由数种手法组成。

2.3.1　摆动类手法

以指或掌腕关节作协调的连续摆动，称摆动类手法。本类手法包括一指禅推法、缠法、滚法和揉法等。

2.3.1.1　一指禅推法

【方法要点】

用大拇指指端、螺纹面或偏锋着力于一定的部位或穴位上，腕部放松、沉肩、垂肘、悬腕，肘关节略低于手腕，以肘部为支点，前臂作主动摆动，带动腕部摆动和拇指关节作屈伸活动。腕部摆动时，尺侧要低于桡侧，使产生的"力"持续地作用于治疗部位上。压力、频率、摆动幅度要均匀，动作要灵活。手法频率每分钟 120~160 次（图 2-3）。

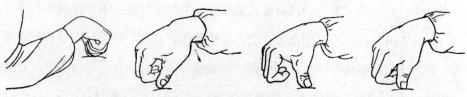

（1）坐位姿势　　（2）悬腕、手握空拳、拇指自然着力　（3）腕部向外摆动　　（4）腕部向内摆动

图 2-3　一指禅推法

【临床应用】

本法接触面积较小，但渗透度大，可适用于全身各部穴位。临床常用于头面、胸腹及四肢等处。对头痛、胃痛、腹痛及关节筋骨疼痛等疾患常用本法治疗，具有舒筋活络、调和营卫、祛瘀消积、健脾和胃的功能。

知识拓展：缠法

一指禅推法的频率提高到每分钟 220~250 次称缠法。用大拇指指端或偏锋着力于一定部位以减小接触面，同时减小摆动幅度，降低对体表的压力，以提高一指禅推法的频率，使频率达到每分钟规定的次数。本法只有在熟练掌握一指禅推法的基础上，才能逐步掌握。缠法有较强的消散作用，临床常用于实热证及痈疖等外科病症的治疗。

2.3.1.2　揉法

【方法要点】

揉法是由腕关节的伸屈运动和前臂的旋转运动复合而成的。伸屈腕关节是以第 2 到第 4 掌指关节背侧为轴来完成的；前臂的旋转运动是以手背的尺侧为轴来完成的。因此揉法的吸定点是上述两轴的交点，即小指掌指关节背侧，这点附着在一定部位，以肘部为支点，前臂作主动摆动，带动腕部作伸屈和前臂旋转的复合运动。手法吸定的部位要紧贴体表，不能拖动、辗动或跳动。压力、频率、摆动幅度要均匀，动作要协调而有节律，一般速度为每分钟 120~160 次（图 2-4）。

（1）揉法训练体位　（2）揉法吸定部位和接触部位　（3）屈腕和前臂旋后　（4）伸腕和前臂旋转

图 2-4　揉法

【临床应用】

擦法压力大，接触面也较大，适用于肩背、腰臀及四肢等肌肉较丰厚的部位。对风湿酸痛、麻木不仁、肢体瘫痪、运动功能障碍等疾患常用本法治疗。具有舒筋活血，滑利关节，缓解肌肉、韧带痉挛，增强肌肉、韧带活动能力，促进血液循环及消除肌肉疲劳等作用。

2.3.1.3 揉法

揉法分掌揉和指揉两种。

【方法要点】

掌揉法是用手掌大鱼际或掌根吸定于一定部位或穴位上，腕部放松，以肘部为支点，前臂作主动摆动，带动腕部作轻柔缓和的摆动（图2-5）。

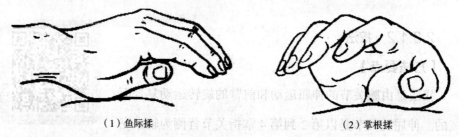

（1）鱼际揉 （2）掌根揉

图2-5 揉法

指揉法是用手指螺纹面吸定于一定的部位或穴位上，腕部放松，以肘部为支点，前臂作主动摆动，带动腕和掌指作轻柔缓和的摆动。本法操作时压力要轻柔，动作要协调而有节律。一般速度每分钟120~160次。

【临床应用】

本法轻柔缓和，刺激量小，适用于全身各部。常用于脘腹痛、胸闷胁痛、便秘、泄泻等肠胃疾患，以及因外伤引起的红肿疼痛等症。具有宽胸理气、消积导滞、活血祛瘀、消肿止痛等作用。

2.3.2　摩擦类手法

以掌、指或肘贴附在体表作直线或环旋移动称摩擦类手法。本类手法包括摩法、擦法、推法、搓法、抹法等。

2.3.2.1　摩法

本法分掌摩和指摩两种。

【方法要点】

掌摩法是用掌面附着于一定部位上，以腕关节为中心，连同前臂作节律性的环旋运动。指摩法是用食、中、无名指面附着于一定的部位上，以腕关节为中心，连同掌、指作节律性的环旋运动（图 2-6）。

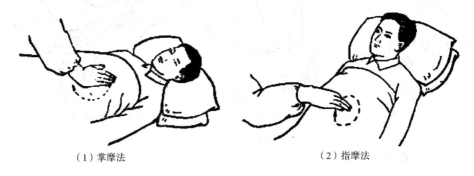

（1）掌摩法　　　　　　　　　　　　　　（2）指摩法

图 2-6　摩法

本法操作时肘关节自然屈曲，腕部放松，指掌自然伸直，动作要缓和而协调。频率每分钟 120 次左右。

【临床应用】

本法刺激轻柔缓和，是胸腹、胁肋部常用手法。对脘腹疼痛，食积胀满，气滞及胸胁进伤等病症常用本法治疗。具有和中理气、消积导滞、调节肠胃蠕动等作用。

2.3.2.2 擦法（又称平推法）

【方法要点】

用手掌的大鱼际、掌根或小鱼际附着在一定部位，进行直线来回摩擦。擦法操作时腕关节伸直，使前臂与手接近相平。手指自然伸开，整个指掌要贴在患者体表的治疗部位，以肩关节为支点，上臂主动，带动手掌作前后或上下往返移动，向掌下的压力不宜太大，但推动的幅度要大，一般速度为每分钟100~120次（图2-7）。本法操作时用力要稳，动作要均匀连续；呼吸自然，不可逆气。

（1）摩擦法　　　　　（2）小鱼际擦法　　　　　（3）大鱼际擦法

图2-7 擦法

【临床应用】

本法是一种柔和、温热的刺激，具有温经通络、行气活血、消肿止痛、健脾和胃等作用。常用于治疗内脏虚损及气血功能失常的病症。尤以活血祛瘀的作用为更强。掌擦法多用于胸胁及腹部；小鱼际擦法多用于肩、背、腰、臀及下肢部；大鱼际擦法在胸腹、腰背、四肢等部均可运用。

擦法使用时要注意：治疗部位要暴露，并涂适量的润滑油或配制药膏，既可防止擦破皮肤，又可通过药物的渗透以加强疗效。

2.3.2.3 推法

推法有指推法、掌推法和肘推法三种。

【方法要点】

用指、掌或肘部着力于一定的部位进行单方向的直线移动。用指称指推法，用掌称掌推法，用肘称肘推法。操作时指、掌或肘要紧贴体表，用力要稳，速度要缓慢而均匀（图2-8）。

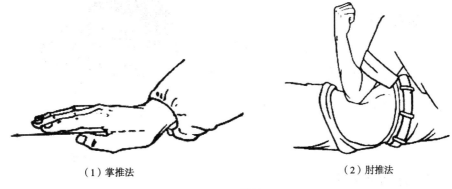

（1）掌推法 　　　　　　　　　　　　（2）肘推法

图2-8　推法

【临床应用】

可在人体各部位使用。能提高肌肉的兴奋性，促进血液循环，并有舒筋活络的作用。

2.3.2.4　搓法

【方法要点】

用双手掌面挟住一定的部位，相对用力作快速搓揉，同时作上下往返移动，称搓法。操作时双手用力要对称，搓动要快，移动要慢（图2-9）。

【临床应用】

搓法适用于腰背、胁肋及四肢部，以上肢部最为常用，一般作为推拿治疗的结束手法。具有调和气血，舒筋通络的作用。

图2-9　搓法

2.3.2.5 抹法

【方法要点】

用单手或双手拇指螺纹面紧贴皮肤，作上下或左右往返移动，称为抹法。操作时用力要轻而不浮，重而不滞（图 2-10）。

【临床应用】

本法常用于头面及颈项部。对头晕、头痛及颈项强痛等症常用本法作配合治疗。抹法有开窍镇静、醒脑明目等作用。

图 2-10 抹法

2.3.3 振动类手法

以较高频率的节律性轻重交替刺激，持续作用于人体，称振动类手法。本类手法包括抖法、振法等。

2.3.3.1 抖法

【方法要点】

用双手握住患者的上肢或下肢远端，用力作连续的小幅度的上下颤动。操作时颤动幅度要小，频率要快（图 2-11）。

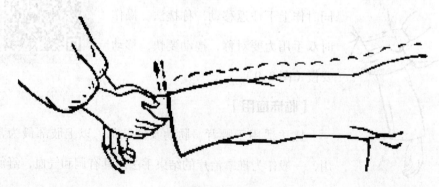

图 2-11 抖法

【临床应用】

本法可用于四肢部，以上肢为常用。临床上常与搓法配合，作为治疗的结束手法。治疗作用与搓法相同。

2.3.3.2 振法

有掌振法和指振法两种。

【方法要点】

用手指或手掌着力在体表，前臂和手部的肌肉强力地静止性用力，产生振颤动作。用手指着力称指振法，用手掌着力称掌振法。操作时力量要集中于指端或手掌上。振动的频率较高，着力稍重（图 2-12）。

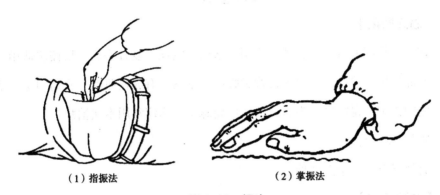

（1）指振法　　　　　　　　（2）掌振法

图 2-12　振法

【临床应用】

本法一般常用单手操作，也可双手同时操作。适用于全身各部位和穴位。具有祛瘀消积、和中理气、消食导滞、调节肠胃功能等作用。

2.3.4 挤压类手法

用指、掌或肢体其他部分按压或对称性挤压体表，称挤压类手法。本类手法包括按、点、捏、拿、捻和踩跷等法。

2.3.4.1 按法

有指按法和掌按法两种。

【方法要点】

用拇指端或指腹按压体表，称指按法。用单掌或双掌，也可用双掌重叠按压体表，称掌按法（图2-13）。按法操作时着力部位要紧贴体表，不可移动，用力要由轻而重，不可用暴力猛然按压。

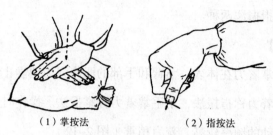

（1）掌按法　　　　　　（2）指按法

图2-13　按法

【临床应用】

按法在临床上常与揉法结合应用，组成"按揉"复合手法。指按法适用于全身各部穴位；掌按法常用于腰背和腹部。本法具有放松肌肉、开通闭塞、活血止痛的作用。胃脘痛、头痛、肢体疼痛麻木等病症常用本法治疗。

2.3.4.2　点法

有拇指点和屈指点两种。

【方法要点】

拇指点是用拇指端点压体表。屈指点有屈拇指，用拇指指间关节桡侧点压体表；或屈食指，用食指近侧指间关节点压体表（图2-14）。本法与按法的区别是：点法作用面积小，刺激量更大。

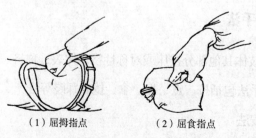

（1）屈拇指点　　　　　　（2）屈食指点

图2-14　点法

【临床应用】

本法刺激很强，使用时要根据病人的具体情况和操作部位酌情用力。常用在肌肉较薄的骨缝处。对脘腹挛痛、腰腿痛等病症常用本法治疗。具有开通闭塞、活血止痛、调整脏腑功能的作用。

2.3.4.3 捏法

有三指捏和五指捏两种。

【方法要点】

用大拇指与其余四指夹住肢体或与食、中两指夹住肢体，相对用力挤压。在作相对用力挤压动作时要循序上下移动，均匀而有节律性。动作与拿法相似，用力要轻。适用于头、颈项、四肢及背脊。如应用于脊柱部，称为"捏脊"（图2-15）。

图 2-15 捏法

【临床应用】

本法适用于头部、颈项部、四肢及背脊，具有舒筋通络、行气活血的作用。

2.3.4.4 拿法

捏而提起谓之拿。

【方法要点】

用大拇指和食、中两指，或用大拇指和其余四指作相对用力，在一定的部位和穴位上进行节律性的提捏。操作时，用劲要由轻而重，不可突然用力，动作要缓和而有连贯性（图2-16）。

【临床应用】

临床常配合其他手法使用于颈项、肩部和四肢等部位。具有祛风散寒、开窍止痛、舒筋通络等作用。

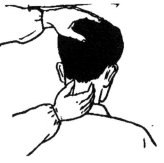

图 2-16 拿法

2.3.4.5 捻法

【方法要点】

用拇、食指螺纹面捏住一定部位，两指相对作搓揉动作（图2-17）。操作时动作要灵活、快速，用劲不可呆滞。

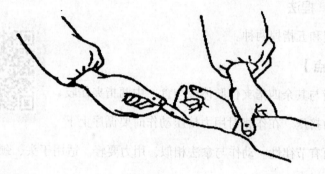

图2-17 捻法

【临床应用】

本法一般适用于四肢小关节。具有理筋通络、滑利关节的作用，常配合其他手法治疗指（趾）间关节的酸痛、肿胀或屈伸不利等症。

2.3.4.6 踩跷法

用单足或双足踩踏一定部位，称踩跷法。

【方法要点】

患者俯卧，在胸部和大腿部各垫3~4个枕头，使腰部腾空。医者双手扶在预先设置好的横木上，以控制自身体重和踩踏时的力量，同时用脚踩踏患者腰部并作适当的弹跳动作，弹跳时足尖不要离开腰部（图2-18）。根据患者体质，可逐渐加重踩踏力量和弹跳幅度，同时嘱患者随着弹跳的起落，配合呼吸，跳起时患者吸气，踩踏时患者呼气，切忌屏气。踩踏速度要均匀而有节奏。

图2-18 踩跷法

【临床应用】

临床常用于腰椎间盘突出症的治疗。本法刺激量大，应用时必须谨慎，对体质虚弱者或脊椎骨质有病变者均不可使用本法。

2.3.5 叩击类手法

用手掌、拳背、手指、掌侧面，桑枝棒叩打体表，称叩击类手法。本类手法包括拍、击、弹等法。

2.3.5.1 拍法

用虚掌拍打体表，称拍法。

【方法要点】

操作时手指自然并拢，掌指关节微屈，平稳而有节奏地拍打患部（图 2-19）。

图 2-19 拍法

【临床应用】

拍法适用于肩背、腰臀及下肢部。对风湿酸痛、局部感觉迟钝或肌肉痉挛等症常用本法配合其他手法治疗，具有舒筋通络、行气活血的作用。

2.3.5.2 击法

用拳背、掌根、掌侧小鱼际、指尖或用桑枝棒叩击体表，称为击法（图 2-20）。

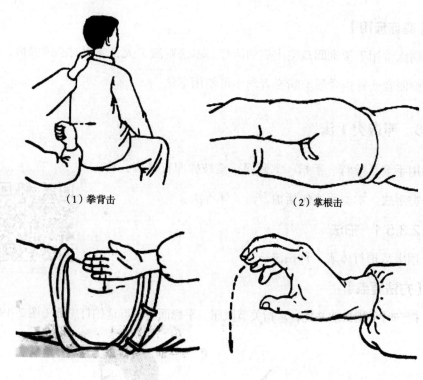

（1）拳背击

（2）掌根击

（3）侧击（小鱼际击）

（4）指尖击

图 2-20　击法

【方法要点】

（1）拳击法

手握空拳，腕伸直，用拳背平击体表。

（2）掌击法

手指自然松开，腕伸直，用掌根部叩击体表。

（3）侧击法（又称小鱼际击）

手指自然伸直，腕略背屈，用单手或双手小鱼际部击打体表。

（4）指尖击法

用指端轻轻打击体表，如雨点下落。

（5）棒击法

用桑枝棒击打体表。

击法用劲要快速而短暂，垂直叩击体表，在叩击体表时不能有拖抽动作，速度要均匀而有节奏。

【临床应用】

拳击法常用于腰背部；掌击法常用于头顶、腰臀及四肢部；侧击法常用于腰背及四肢部；指尖击法常用于头面、胸腹部；棒击法常用于头顶、腰背及四肢部。本法具有舒筋通络、调和气血的作用，对风湿痹痛、局部感觉迟钝、肌肉痉挛或头痛等症，常用本法配合治疗。

知识拓展：桑枝棒制法

用细桑枝十二根（粗约 0.5cm）去皮阴干，每根用桑皮纸卷紧，并用线绕扎，然后把桑枝合起来先用线扎紧，再用桑皮纸层层卷紧并用线绕好。外面用布裹紧缝好即成。要求软硬适中（即具有弹性），粗细合用（即用手握之合适，4.5~5cm），长约 40cm。

2.3.5.3 弹法

【方法要点】

用一手指的指腹紧压住另一手的指甲，用力弹出，连续弹击治疗部位。操作时弹击力要均匀，每分钟弹击 120~160 次（图 2-21）。

【临床应用】

本法可适用于全身各部，尤以头面、颈项部最为常用，具有舒筋通络、祛风散寒的作用。对项强、头痛等症，常用本法配合治疗。

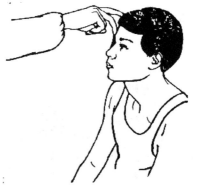

图 2-21 弹法

2.3.6 运动关节类手法

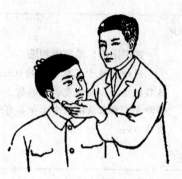

对关节作被动性活动的一类手法称为运动关节类手法。本类手法包括摇法、背法、扳法、拔伸法。

2.3.6.1 摇法

使关节作被动的环转活动，称摇法。

【方法要点】

（1）颈项部摇法

用一手扶住患者头顶后部，另一手托住下颏，作左右环转摇动（图2-22）。

（2）肩关节摇法

用一手扶住患者肩部，另一手握住腕部或托住肘部，作环转摇动（图2-23）。

（3）髋关节摇法

图 2-22　颈项部摇法

患者仰卧位，髋膝屈曲。医者一手托住患者足跟，另一手扶住膝部，作髋关节环转摇动（图2-24）。

（4）踝关节摇法

一手托住患者足跟，另一手握住大趾部，作踝关节环转摇动（图2-25）。摇法动作要缓和，用力要稳，摇动方向及幅度须在患者生理许可范围内进行，由小到大。

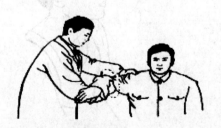

（1）托肘摇法

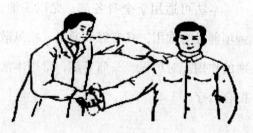

（2）握手摇法

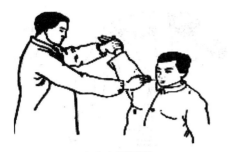
（3）大幅度摇法a

（4）大幅度摇法b

图 2-23 肩关节摇法

图 2-24 髋关节摇法

图 2-25 踝关节摇法

【临床应用】

本法适用于四肢关节及颈项、腰部等。对关节强硬、屈伸不利等症，具有滑利关节、增强关节活动功能的作用。

2.3.6.2 背法

【方法要点】

医者和患者背靠背站立，医者两肘套住患者肘弯部，然后弯腰屈膝挺臀，将患者反背起，使其双脚离地，以牵伸患者腰脊柱，再作快速伸膝挺臀动作，同时以臀部着力颤动或摇动患者腰部。操作时臀部的颤动要和两膝的屈伸动作协调（图 2-26）。

图 2-26　背法

【临床应用】

本法可使腰脊柱及其两侧伸肌过伸，促使扭错之小关节复位，并有助于缓解腰椎间盘突出的症状。对腰部扭闪疼痛及腰椎间盘突出症等常用本法配合治疗。

2.3.6.3　扳法

用双手作相反方向或同一方向用力扳动肢体称为扳法。

【方法要点】

（1）颈项部扳法

操作时有两种方法（图 2-27）。

①颈项部斜扳法：患者头部略向前屈。医生一手抵住患者头侧后部，另一手抵住对侧下颏部，使头向一侧旋转至最大限度时，两手同时用力作相反方向的扳动。

②旋转定位扳法：患者坐位，颈前屈到某一需要的角度后，医生在其背后，用一肘部托住其下颏部，手则扶住其枕部（向右扳则用右手，向左扳则用左手），另一手扶住患者肩部。托扶其头部的手用力，先作颈项部向上牵引，同时把患者头部向患侧旋转至最大限度后，再作扳法（图 2-27）。

图 2-27　颈项部旋转定位扳法

（2）胸背部扳法

操作时有两种方法（图 2-28）。

①扩胸牵引扳法：患者坐位，令其两手交叉扣住，置于项部。医生两手托住患者两肘部，并用一侧膝部顶住患者背部，嘱患者自行俯仰，并配合深呼吸，作扩胸牵引扳动。

②胸椎对抗复位法：患者坐位，令其两手交叉扣住，置于项部。医生在其后面，用两手从患者腋部伸入其上臂之前，前臂之后，并握住其前臂下段，同时医生用一侧膝部顶住患部脊柱。嘱患者身体略向前倾，医生两手同时作向后上方用力扳动。

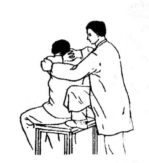

图 2-28 胸背部扳法

（3）腰部扳法

本法操作时，常用的有斜扳法、旋转扳法、后伸扳法三种（图 2-29）。

①腰部斜扳法：患者侧卧位，医生用一手抵住患者肩前部，另一手抵住臀部，或一手抵住患者肩后部，另一手抵住髂前上棘部。把腰被动旋转至最大限度后，两手同时用力作相反方向扳动。

②腰部旋转扳法：有两种操作方法。

直腰旋转扳法：患者坐位，医生用腿挟住患者下肢，一手抵住患者近医生侧的肩后部，另一手从患者另一侧腋下伸入抵住肩前部，两手同时用力作相反方向扳动。

弯腰旋转扳法：患者坐位，腰前屈到某一需要角度后，一助手帮助固定患者下肢及骨盆。医生用一手拇指按住需扳动的脊椎的棘突（向左旋转时用右手），另一手勾扶住患者项背部（向左旋转时用左手），使其腰部在前屈位时再向患侧旋转。旋转至最大限度时，再使其腰部向健侧侧弯方向扳动。

③腰部后伸扳法：患者俯卧位，医生一手托住患者两膝部，缓缓向上提起，另一手紧压在腰部患处，当腰后伸到最大限度时，两手同时用力作相反方向扳动。

扳法操作时动作必须果断而快速，用力要稳，两手动作配合要协调，扳动幅度一般不能超过各关节的生理活动范围。

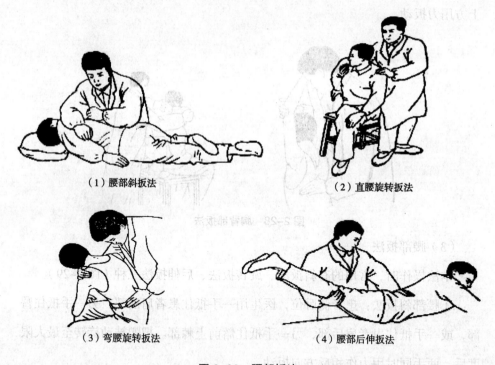

（1）腰部斜扳法   （2）直腰旋转扳法

（3）弯腰旋转扳法   （4）腰部后伸扳法

图 2-29　腰部扳法

【临床应用】

本法临床常和其他手法配合使用，起到相辅相成的作用。常用于脊柱及四肢关节。对关节错位或关节功能障碍等病症，常用本法治疗，有舒筋通络、滑利关节、纠正解剖位置的失常等作用。

2.3.6.4 拔伸法

拔伸即牵拉、牵引的意思。固定肢体或关节的一端，牵拉另一端的方法，称为拔伸法。

【**方法要点**】

（1）头颈部拔伸法

患者正坐。医生站在患者背后，用双手拇指顶在枕骨下方，掌根托住两侧下颌角的下方，并用两前臂压住患者两肩，两手用力向上，两前臂下压，同时作相反方向用力（图 2-30）。

（2）肩关节拔伸法

患者坐位。医生用双手握住其腕或肘部，逐渐用力牵拉，嘱患者身体向另一侧倾斜（或有一助手帮助固定患者身体），与牵拉之力对抗（图 2-31）。

（3）腕关节拔伸法

医生一手握住患者前臂下端，另一手握住其手部，两手同时作相反方向用力，逐渐牵拉（图 2-32）。

（4）指间关节拔伸法

医生用一手捏住患者被拔伸关节的近侧端，另一手捏住其远侧端，两手同时作反方向用力牵引（图 2-33）。本法操作时用力要均匀而持久，动作要缓和。

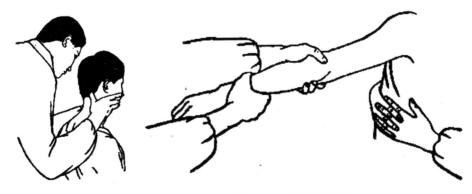

图 2-30 头颈部拔伸法　　　　　图 2-31 肩关节拔伸法

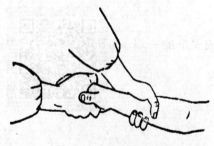

图 2-32　腕关节拔伸法

图 2-33　指间关节拔伸法

【临床应用】

本法常用于关节错位、伤筋等。对扭错的肌腱和移位的关节有整复作用。

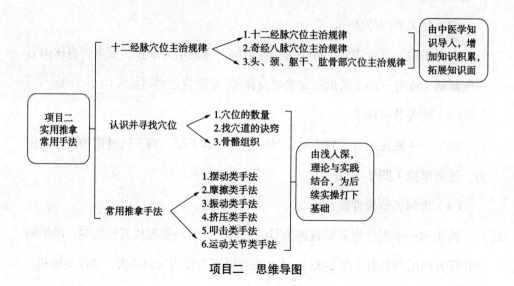

项目二　思维导图

目标检测二

一、单选题

1.手三阴经是指（　　）。
A.起于手指端，至于头面部　　　　　　B.起于头面部，至于足趾端
C.起于头面部，至于手指端　　　　　　D.起于胸部，至于手指端

答案D

2.手三阳经是指（　　）。
A.起于手指端，至于头面部　　　　　　B.起于头面部，至于足趾端
C.起于头面部，至于手指端　　　　　　D.起于胸部，至于手指端

答案B

3.（　　）为阳脉之海。
A.任脉　　　　　　B.冲脉　　　　　　C.督脉　　　　　　D.带脉

答案C

4.（　　）为十二经脉之海。
A.任脉　　　　　　B.冲脉　　　　　　C.督脉　　　　　　D.带脉

答案B

5.脊椎骨是由颈部至臀部贯穿身体中央的骨，由上而下，依序是（　　）。
A.颈椎、胸椎、腰椎、骶骨、尾骨　　　　B.颈椎、腰椎、胸椎、骶骨、尾骨
C.颈椎、胸椎、骶骨、腰椎、尾骨　　　　D.颈椎、胸椎、腰椎、尾骨、骶骨

答案A

二、简答题

1.十二经脉穴位主治规律包括哪些？

2.奇经八脉包括哪些？

3.谈谈寻找穴道的诀窍有哪些？

项目 3

经络循行和病症表现

学习目标

学习经络系统后，熟悉经络系统的分类与组成；

能够清楚经络系统的组成；

了解十二经脉的分布位置；

了解经络的功能；

能够简单地根据经络循行特点辨病。

经络系统包括经脉和络脉，十二经脉和奇经八脉中的督脉和任脉合称十四经脉，它与经穴按摩治疗疾病的关系十分密切。

任务 1
经络系统的分类与组成

3.1.1 经络与经络系统

（1）经络与经络学说

经络，是运行全身气血，联络脏腑肢节，沟通表里上下内外，调节体内各部分功能活动的通路，是人体特有的组织结构和联络系统。

（2）经络系统的组成（表 3-1）

表 3-1 经络系统的组成

项目	内容
经脉	（1）十二正经：经络系统中的主要组成部分，对称地分布于人体的左右两侧，分别循行于上肢或下肢的内侧或外侧，每一条经络分别属于一个脏或一个腑。十二经脉的名称，结合了阴阳、手足及脏腑三方面要素； （2）奇经八脉：任脉、冲脉、督脉、带脉、阳跷脉、阴跷脉、阳维脉、阴维脉； （3）十二经别：其主要功能是加强十二经脉中互为表里的两经之间的联系。
脉络	（1）别络：主要功能是沟通表里两经和渗灌气血； （2）浮络：循行于人体浅表部位而常浮现的络脉； （3）孙络：具有"溢奇邪""通荣卫"的作用，是最细小的络脉。

项目	内容
连属部分	（1）十二经筋：联缀四肢百骸、主司关节运动； （2）十二皮部：受十二经脉及其络脉气血的濡养滋润而维持正常的生理功能。
经络功能	（1）沟通联络作用； （2）运输气血作用； （3）感应传导作用； （4）调节平衡作用。

3.1.2 十二经脉

3.1.2.1 分布（表3-2）

表3-2 十二经脉的分布

分布			经脉	
四肢部位	上肢	前缘	手太阴肺经	手阳明大肠经
		中线	手厥阴心包经	手少阳三焦经
		后缘	手少阴心经	手太阳小肠经
	下肢 （内踝上八寸以上）	前缘	足太阴脾经	足阳明胃经
		中线	足厥阴肝经	足少阳胆经
		后缘	足少阴肾经	足太阳膀胱经

注：下肢内侧，内踝上八寸以下，肝经在前缘，脾经在中线。

3.1.2.2 走向和交接规律

（1）十二经脉的走向规律

手三阴经——从胸走手；手三阳经——从手走头；

足三阳经——从头走足；足三阴经——从足走胸腹。

（2）十二经脉的交接规律

①互为表里的阴经与阳经在指趾端（四肢末端）交接；

②同名的手、足阳经在头面部交接；

③手、足阴经在胸部交接。

3.1.2.3 流注次序

手太阴肺经→手阳明大肠经→足阳明胃经→足太阴脾经→手少阴心经→

手太阳小肠经→足太阳膀胱经→足少阴肾经→手厥阴心包经→手少阳三焦经→足少阳胆经→足厥阴肝经→手太阴肺经。

3.1.2.4 十二经脉概述

十二经脉是经络的主体部分，所以又称为十二正经。十二经脉包括：手太阴肺经、手阳明大肠经互为表里；足阳明胃经、足太阴脾经互为表里；手少阴心经、手太阳小肠经互为表里；足太阳膀胱经、足少阴肾经互为表里；手厥阴心包经、手少阳三焦经互为表里；足少阳胆经、足厥阴肝经互为表里。临床按摩治疗中，要取疾病所在经络和互为表里的经脉上的穴位进行按摩经穴治疗。

十二经脉的命名，是根据经脉起止点在手或在足而分为手、足；根据经脉循行四肢内侧为阴经或外侧为阳经，以及经脉所属的内脏，分为阴阳、脏腑，其中阴阳又分为三阴三阳，即太阴、少阴、厥阴和太阳、少阳、阳明。因此，十二经脉的全称，是由手或足、阴和阳、脏或腑组成的。例如，由胸至手，循行于上肢内侧，属于肺的经脉，称为手太阴肺经。阴阳可用于说明经脉之互为表里，相互制约，相互依存的关系。例如，肺与大肠是互为表里的脏腑，而手太阴肺经与手阳明大肠经是互为表里的经脉，肺经行于上肢的内侧，是阴经；大肠经行于上肢的外侧，是阳经。肺经则归属肺脏，并以经脉分支与其互为表里的大肠（腑）相联络，简称为"属肺络大肠"。而大肠经则归属于大肠，并借助于经脉分支与肺经相联络，简称为"属大肠络肺"。十二经脉皆有这种"属脏络腑"，或"属腑络脏"的关系。

十二经脉的三阴三阳，还包含阴阳之气的盛衰程度。阴气（阳气）初生叫少阴（少阳），阴气（阳气）旺盛叫太阴（太阳），介于少阴、太阴两阴之间的叫厥阴，阳气最旺盛的叫阳明。三阴三阳的表里匹配关系是，太阴与阳明互为表里，少阴与太阳互为表里，厥阴与少阳互为表里。

三阴经分布于肢体的内侧，太阴在前，少阴在后，厥阴居中。三阳经分布于肢体的外侧，阳明在前，太阳在后，少阳居中。

如前所述，十二经脉中的手三阴经、足三阴经在体内皆有属脏络腑的关系，而手三阳经和足三阳经在体内皆属腑络脏。此外，十二经脉在四肢的肘膝以下和头面部又都有分支相连或借助于络脉相通，而形成一个密布于周身的网络体系。中医的"脏"是指五脏（心、肺、脾、肝、肾），"腑"是指六腑（胆、胃、大肠、小肠、膀胱、三焦）。

3.1.3 奇经八脉

3.1.3.1 奇经八脉的特点和作用

奇经八脉又称"奇经"，指在十二经脉之外"别道而行"的八条经脉，是沟通和连接十二经脉的较大的支脉，共有八条，即任脉、督脉、冲脉、带脉、阴跷脉、阳跷脉、阴维脉和阳维脉。因为其循行路径不同于十二经脉，并与脏腑没有直接的络属关系，故称奇经八脉（表3-3）。

表 3-3　奇经八脉的特点和作用

项目	内容
奇经八脉的特点	（1）走向分布不规则，如上肢无奇经八脉分布； （2）与五脏六腑无直接络属关系； （3）奇经八脉之间无表里相配之关系。
奇经八脉的作用	（1）进一步密切了十二经脉之间的联系； （2）调节十二经脉之气血； （3）参与人体生殖及脑髓功能的调节。

3.1.3.2 督脉、任脉、冲脉、带脉的基本功能（表3-4）

表 3-4　督脉、任脉、冲脉、带脉的基本功能

项目	内容
督脉	（1）调节阳经气血，故称"阳脉之海"； （2）与脑、髓和肾的功能有关。
任脉	（1）调节阴经气血，故称"阴脉之海"； （2）主持妊养胞胎。
冲脉	（1）调节十二经气血，故称"十二经脉之海"； （2）冲为血海，有促进生殖之功能，并同妇女的月经有着密切的联系。
带脉	（1）约束纵行诸经； （2）主司妇女的带下。

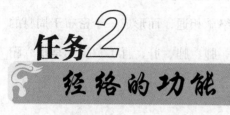

任务2 经络的功能

经络系统在生理功能、病理变化、诊断和治疗方面都得到了广泛的应用。正如《灵枢·经脉》中所载述："经脉者，所以决死生，处百病，调虚实，不可不通。"十二经脉者，人之所以生，病之所以成；人之所以治，病之所以起；学之所始，工之所止也。

3.2.1　经络的生理功能

经络的生理功能主要表现为保卫机体，抵抗病邪，对来自机体的内外环境的刺激，通过经络体系的应答反应，以维持和协调机体内各脏腑器官之间的联系，保持整个机体对外在环境的适应和平衡。

经络是机体内运行气血的重要通路，各脏腑器官组织所需要的营养物质都是通过经络系统运送分布的。气血是运送养料的物质基础，气血的运行通过经络来弥散。经络能运行气血、营养全身。

3.2.2　经络的病理作用

3.2.2.1　表现症状

经络是人体内脏与体表联系的渠道，病邪从皮毛侵入人体，首先影响经脉，进而传入脏腑。反之，经络形态上的完整性受到损害或其运行气血的功能失调，或其保卫机体的防御功能发生障碍。内脏发生病变，同样也能通过经络反映于体表。在体表出现各种反应，如压痛、结节、皮肤色泽、温度和导电量的改变。中医学中的"痛则不通，通则不痛"的病理学说，就是根据经络及其运行气血功能失常，气滞血瘀时出现的病理反应而总结出的规律。临床辨证，可根据经脉循行部位和脏腑的生理病理特点，确定其病症属于某经、某脏、某腑的病变。如头痛一病，因部位不同，而选经配穴也不同，足阳明胃经行于前额，故前额痛称为"阳明头痛"，以取阳明经穴进行治疗；少阳经脉循行于头侧部，故偏头痛称为"少阳头痛"，以取少阳经穴进行治疗；厥阴经脉会于头顶，故头顶痛称为"厥阴头痛"，以取厥阴经穴进行治疗；太阳经脉循行于头枕部，故枕后痛称为"太阳头痛"，以取太阳经穴进行治疗。经络辨证主要是明确病位，若要识别寒热虚实病情，则需要与八纲和脏腑辨证等方法结合运用，这样才能对疾病作出更为确切的诊断，从而使按压治疗取得更为满意的效果。

3.2.2.2　传递病因

病邪侵犯机体时，常先作用于皮肤外部如毛囊孔、汗腺等，如果留而不去，则沿经络向里侵入，由表及里，而至脏腑。反之，如果疾病起于脏腑，也可以由里达表，而在该脏腑的相应部位及其相应的经脉穴位处出现异常变化，表现在四肢、躯体、皮肤出现压痛敏感点、条索状物、结节状物、低电阻点等。

3.2.3　经络辨病原理

人体十二经脉，内连脏腑，外络肢体，人体患病后，无论是外感，还是内伤，都会影响经络系统，十二经病症就是从十二经脉的病理特点和发病规律总结出来的。其病症有三个特点：一是脏腑病变与所属经脉的症状相兼，如心经病症可见心胸疼痛和上臂内侧痛；二是经气失常出现的症状，如膀胱经受邪可见头项强痛、寒热往来等现象；三是数经合病，如肝和脾经同时患病，可出现胸胁胀满、呕吐、泄泻等症状。在临床可根据上述特点，推断疾病部位，进而

根据其病变所在脏腑经脉选方配穴。

奇经八脉是十二经脉以外的八条经脉，具有联系十二经脉、调节人体阴阳和营卫气血的作用。在八脉中，督、任、冲脉同起于"胞中"，一源而三歧。督脉行于背部，任、冲二脉行于腹部。督脉、任脉总管全身阴阳各经，而冲脉通行上下，其脉气从头面灌注诸阳，在下肢渗入三阴，来自十二经脉、五脏六腑之气血均容纳于冲脉，故言其为"十二经脉之海""五脏六腑之海"。带脉状如腰带，约束诸经，具有沟通腰胸部经脉的作用。阴阳跷脉互相调节，一动一静，管理身体两侧的阴阳经脉，使关节灵活而各种活动协调一致。阴阳维脉起着维络表里的作用，参与十二经脉气血的调节。当十二经脉气血不足时，则将气血溢入十二经脉；当其气血有余时，又能将气血蓄于阴阳维脉。八脉共同从上下内外加强经络的纵横联系，使前后左右的经脉均能协调统一，其中督、任、冲、带四脉与生殖系统疾病的关系尤为密切。

由于经脉有一定的循行部位，十二经脉又和脏腑有络属关系，因此，可根据症候及其出现的部位，作为诊断疾病的依据。此外，在经脉循行路径或穴位上出现压痛或其他异常反应，也是诊断疾病的主要依据，如发生急性阑尾炎时在右下腹部和阑尾穴处有压痛点。冠心病患者，常在其心俞、厥阴俞、神堂穴处出现压痛敏感点。按摩治疗时，可以根据某一经或某一脏腑的病变，而在病变的邻近部位，或相应经脉循行的远隔部位上取穴，按摩经穴临床上遵循的"经脉所过，主治所及"的治疗原则，就是根据经络在治疗方面的作用所总结出的规律。经穴按摩还可以运用针灸的穴位进行治疗，据古中医文献中所记载的"肚腹三里留（肚腹疼痛等取胃经足三里穴），腰背委中求（腰背部疼痛取膀胱经委中穴），头项寻列缺（颈项部疼痛取肺经列缺穴），面口合谷收（头痛、牙痛等取大肠经合谷穴）"，用以上方法按摩经穴治疗疾病被临床证明是有效而可行的。近年来风靡日本的指压法（用手按摩穴位）即是由中国的穴位按摩法演变而来的。

任务 **3** 经络循行与辨病

　　每条经脉都有它的起止部位、循行路线、所属所络的脏腑和受病邪侵扰时出现的病症（古代称为病候）。十二经脉循行有一定的规律：手之三阴从胸走手，行于上肢内侧；手之三阳从手走头，行经上肢外侧；足之三阴从足走胸，行经下肢内侧、腹部；足之三阳从头走足，行经躯干和下肢的前、后、外侧，即"阴经内阳经外""阴经升阳经降"。

3.3.1　经脉

3.3.1.1　手太阴肺经

　　由中焦（胃脘部）起始，向下与肠联络。然后回绕过来沿着胃的上口向上通过膈肌入胸，归属于肺脏。由肺沿气管上行，从"肺系"（肺与喉咙相连的部位）横行出来（中府），向下沿上臂内侧，行于手少阴心经和手厥阴心包经的前面，下行到肘窝中，沿着前臂内侧桡侧前缘，进入寸口，经过鱼际，沿着鱼际边缘，出拇指内侧端（少商）。手腕后方的支脉：从列缺处分出，一直走向食指内侧端（商阳），与手阳明大肠经相连。

　　（1）属络的脏腑

　　络大肠，属肺；并与胃和气管联系。

（2）主治范围

本经脉所联系的脏腑器官，包括呼吸、消化系统病症，皮肤病及经脉所经过的胸部与上肢掌面桡侧的病症。如咳嗽哮喘，胸中满闷，咽喉肿痛，咳吐脓痰，胸痛、肩背痛等。

（3）临床表现

咳嗽，气喘，胸部胀满，呼吸短促，发热恶寒，汗出，缺盆中痛，肩背及臂内侧前缘痛，手掌心灼热。

（4）症因分析

肺经多气少血，若经气郁滞，肺宣降失常，则咳喘、胸部胀满、呼吸短促。肺主皮毛，若风寒束表，可见恶寒发热，毛孔开合失司，则汗出异常。肺经受邪，气血循行不畅，致肩背及臂内侧前缘疼痛，掌中灼热。

本经所属腧穴可主治有关"肺"方面所发生的病症，本经气盛有余的实症，多见肩背疼痛、感冒风寒自汗出、伤风、小便频数、口鼻嘘气；本经气虚不足的虚症，多见肩背疼痛、怕冷、气短、呼吸急促、小便颜色改变。

3.3.1.2　手阳明大肠经

从手食指端桡侧商阳穴（承接肺经）起始，沿着食指内侧（桡侧）向上，通过第一、第二掌骨之间（合谷），向上进入两肌腱（拇长伸肌腱与拇短伸肌腱）之间的凹陷处，沿前臂前方，至肘部外侧，再沿上臂外侧前缘，上走肩端（肩的前部），沿肩峰前缘，向上出于颈椎"手足三阳经聚会处"（大椎，属督脉），再向下进入缺盆（锁骨上窝部），联络肺脏，通过横膈，属于大肠。

由缺盆分出的支脉经颈部至面颊，进入下齿中，再出来挟口环唇，左右相交于人中穴后，止于对侧鼻孔旁迎香穴，并借助于支脉与胃经相通。

（1）属络的脏腑

络肺，属大肠；并和胃有联系。

（2）主治范围

本经脉所联系的脏腑器官和肢体组织出现的各种病症，包括消化、呼吸、神经系统病症，头面部、胸部、上肢背面桡侧的病症，如头痛、咽喉肿痛、胃痛、腹痛、肩背痛、热病、昏厥、半身不遂等。

（3）临床表现

齿痛颈肿，口干舌燥，喉咙痛，鼻流清涕，鼻塞或鼻衄，目黄，肩臂前侧疼痛，拇指、食指活动不利。

（4）症因分析

大肠经多气多血，大肠经患病，则气血壅滞不通。火热循经内扰，见齿痛、颈肿、喉咙痛。大肠经络肺而互为表里，大肠经受邪及肺，致鼻流清涕，或鼻衄。其经别络目，大肠经热盛，见目黄；本经气血流注不畅，可致肩臂前侧疼痛、拇指食指活动不灵便。

本经所属穴能主治有关"津"方面所发生的病症。凡属于气盛有余的症状，则当经脉所过部分发热和肿胀；属于气虚不足的症状，则发冷、战栗而不容易回暖。

3.3.1.3 足阳明胃经

起于鼻翼两侧（迎香穴），上行到鼻根部，与旁侧足太阳膀胱经交会，向下沿着鼻的外侧（承泣穴）进入上齿龈内。向下环绕口唇，向下交会于颏唇沟承浆穴（任脉处），再向后沿着腮后下方，出于下颌大迎处，沿着下颌角颊车，上行耳前，经过上关穴，沿着发际，到达前额（神庭穴）。

由下颌处分出的支脉：向下经颈部人迎穴到达缺盆（锁骨上大窝）入胸，通过膈肌下行入腹，归属于胃，并和脾脏联络。

从缺盆处向下直行的支脉：经胸部乳头内侧、腹部脐旁至腹股沟，继而斜向外行，沿大腿、小腿前外侧下行至足背，止于足中趾内侧缝。

胃下口部支脉：沿着腹里向下到气冲穴会合，再由此下行至髀关，直抵伏兔部，下至膝盖，沿着胫骨外侧前缘，下经足背，进入第二足趾外侧端（厉兑穴）。

胫部支脉：从膝下三寸处（足三里穴）分出，进入足中趾外侧。

足背部支脉：从跗上（冲阳穴）分出，进入足大趾内侧端（隐白穴）与足太阴脾经相接。

（1）属络的脏腑

属胃，络脾；并和心、小肠、大肠有联系。

（2）主治范围

本经脉所联系的脏腑器官和肢体组织出现的各种病症。包括消化、呼吸、循环和神经系统病症；头、面、眼、耳、鼻、咽喉病症；胸腹部以及下肢前外侧的病症。如头痛、牙痛、咽喉肿痛、口眼歪斜、胸痛、胃痛、腹痛、下肢疼痛、麻痹等。

（3）临床表现

消谷善饥，胃脘胀满，高烧汗出；或鼻衄，口角歪斜，齿痛，口唇发疹，颈肿喉痛，腹水，胸腹部灼热或怕冷，膝部肿痛；或胸、乳房、腹股沟、大腿前侧、胫骨外缘、足背部疼痛，足中趾活动障碍。

（4）症因分析

胃经多气多血，胃经患病易从阳化热。里热内盛则高烧，热迫津外泄则大汗出。胃火炽盛循经上炎，见消谷善饥、口唇发疹、颈肿喉痛、齿痛。若脾胃虚寒，运化功能障碍，则胃脘胀满。水液停聚于腹中，见腹水。风中经脉，致口角歪斜。邪气阻滞于胃经，经气不利，可见胸、腹股沟、大腿前侧、胫骨外缘、足背痛，以及足中趾功能障碍。

3.3.1.4 足太阴脾经

起于足大趾末端（隐白穴），沿着大趾内侧赤白肉际，过大趾节后的半圆骨，上行至内踝前面，再上腿肚，沿着胫骨后面，交出足厥阴肝经的前面，经膝、股部内侧前缘，进入腹部，属于脾脏，与胃相联络，通过横膈上行，挟食管两旁，联系舌根，分散于舌下。

由胃分出的支脉上行，通过膈肌，进入胸内，注于心中，与心经相通。另一支脉上行至舌根，散布于舌下。

（1）属络的脏腑

属脾，络胃；并与心、肺、肠有联系。

（2）主治范围

本经脉所联系的脏腑器官和肢体组织出现的各种病症。包括消化、循环和泌尿生殖系统病症；胸腹部以及下肢内侧的病症，如胃痛、腹痛、腹泻、便秘、痛经、月经不调、尿闭等。

（3）临床表现

腹胀，嗳气，呕吐，胃脘痛，不欲食，矢气，大便溏泄，水肿，黄疸，身体重痛，舌体僵硬疼痛，股膝内肿胀发凉，足大趾不听用。

（4）症因分析

脾经少血气旺，若脾运化失常，气机不利，则不欲饮食、胃脘痛、腹胀、矢气。水湿内停，可致大便溏泄、水肿。胃气上逆，可见嗳气、呕吐。脾经连舌体，经气不利，则舌体僵硬疼痛。湿困脾经，气血运行不畅，致身体重痛、股膝内肿胀发凉、足大趾不听用。

3.3.1.5　手少阴心经

承接脾经，始于心中，出属于心系（出入心脏的大血管等组织），弯向下行，通过膈肌进入腹腔，与小肠相联络。

从心系向上的支脉：沿食管和咽上行至颅内，联系目系（出入于眼球后部的神经、血管等组织）。

从心系直行的脉：从心系直到肺脏，然后斜向下行至腋窝（极泉）沿上臂内侧后缘，行手太阴经和手厥阴心包经后面，到达肘窝，沿前臂内侧后缘，至

掌后豌豆骨部，沿小指内侧至末端（少冲），与手太阳小肠经相接。

（1）属络的脏腑

属心，络小肠；并和肺、肾有联系。

（2）主治范围

本经脉所联系的脏腑器官和肢体组织出现的各种病症。包括循环、消化和神经系统病症；胸部及上肢掌侧部的病症。如胸痛、心脏疾患、失眠、健忘、癫痫等。

（3）临床表现

咽喉干燥，渴而欲饮，心胸疼痛，目黄，臑臂内侧后缘冷痛，掌中热痛。

（4）症因分析

心经少血多气，气有余便是火，心火炽盛，耗伤阴液，则咽喉干燥、渴欲饮水。邪气阻滞心经，致心胸疼痛，上肢内侧后缘冷痛，或掌中热痛。心脉连目系，心火上炎，可致目黄。

3.3.1.6 手太阳小肠经

起始于手小指端尺侧少泽穴（承接心经），向上历经手掌、腕部、前臂、肘部和臂的背面小指侧至肩部，绕肩胛，交会于督脉大椎穴。前行经缺盆（锁骨上大窝）进入胸中，与心脏联络。继而沿着食管下行，通过膈肌进入腹腔，抵达胃部，归属于小肠。

从缺盆分出的支脉：沿着颈部上行，经面颊至目外眦，转向耳部，进入耳中。

从颊部分出的支脉：斜行经眶下至鼻旁，止于目内眦，与膀胱经相通。

（1）属络的脏腑

络心，属小肠；并与胃有联系。

（2）主治范围

本经脉所联系的脏腑器官，以及肢体组织出现的各种病症。包括消化系统、神经系统病症；头、面、耳、眼、口腔病症；颈部、肩背及上肢背面病症。

（3）临床表现

耳聋，目黄，喉痛，颌部、颊部肿痛，肩、肘、臂外侧疼痛。

（4）症因分析

小肠经多血少气，其经脉循咽下膈，分支循颈上颊，至目锐眦，入耳中。故小肠经受病，见喉痛、颌颊肿痛、耳聋、目黄。外邪侵袭经脉，则肩肘臂外侧后廉疼痛。

3.3.1.7　足太阳膀胱经

起始于目内眦睛明穴（承接小肠经），上行经额至头顶，交会于督脉百会穴，深入颅内，与脑相联络。然后下行至项，沿着肩胛内侧，挟脊柱两旁下行至腰部，分出支脉进入腹腔后继续挟脊柱两旁下行，贯过臀部，行经大腿后部进入膝窝中。

从项部分出的支脉：分别向下贯过肩胛后，沿着胛骨内侧缘一线下行至臀部，经过髀枢（髋关节），沿着大腿后外侧下行至腘窝，与前脉会合后，再下行贯过小腿后部肌肉，出于外踝之后，沿足外侧缘前行，止于足小趾端外侧至阴穴，并与肾经相通。

从腰部分出的支脉：通过脊柱两旁之肌肉，进入腹腔，与肾相联络，归属于本腑膀胱。从头顶部分出的另一支脉，行向耳上部。

（1）属络的脏腑

络脑、络肾，属膀胱。

（2）主治范围

本经脉所联系的脏腑器官和肢体组织出现的各种病症。包括神经、呼吸、循环、消化和泌尿生殖系统病症。头项、眼、耳、鼻病症；背腰骶部及下肢后部病症。如眼病、头痛、头晕、肩背痛、腰痛、下肢疼痛、麻痹以及五脏六腑之疾患。

（3）临床表现

发热恶寒，头目疼痛，目黄流泪，鼻塞流涕，或鼻衄，痔疾，项背、腰

骶、大腿后侧、腘窝、腓肠肌及足跟疼痛，足小趾活动障碍。

（4）症因分析

膀胱经起于目内眦，上额交头顶络脑，与体表相通。外邪侵袭皮毛，卫阳郁闭，则发热恶寒、鼻塞流涕、头目剧痛、流泪。外邪入里化热，热邪内蕴，见目黄、鼻衄、痔疾。经脉所过之处受邪，则项背、腰骶、大腿后侧、腘窝、腓肠肌及足跟疼痛，以及足小趾活动障碍。

3.3.1.8　足少阴肾经

起始于足小趾下面（承接膀胱经），出于足内侧缘然谷穴之下，经足内踝之后，进入足跟，再向上行于腿肚内侧，经由小腿、膝部和大腿内侧面上行至腹股沟，入腹，穿过脊柱（长强穴），归属于肾脏，与膀胱相联络。

由肾脏直行的支脉：通过肝脏和膈肌至胸腔，进入肺脏，另一支脉沿着气管、喉咙上行，分布于舌根外侧。

从肺脏出来的支脉：与心脏相联络，并注入胸中，与心包经相通。

（1）属络的脏腑

属肾，络膀胱；并与肝、肺、心脏等有联系。

（2）主治范围

本经脉循行所联系的脏腑器官和肢体组织出现的各种病症。包括泌尿生殖系统和神经系统病症；下肢内侧和胸、腹部病症。如月经不调、痛经、阳痿、尿闭、遗尿、神经疾病等。

（3）临床表现

面黑如漆柴，嗜睡，口热舌干，咽喉肿痛，上气而喘，心烦心痛，咳唾有血，饥不欲食，嘈杂，惊恐，泄泻，肌肉萎缩，脊柱、大腿内侧后缘冷痛，足底灼痛。

（4）症因分析

肾属水脏，内藏元阳，肾为五脏之根本，故肾病常影响其他脏腑。若肾精亏虚，不能上荣于面，见面黑如漆柴、眼花；肾阳虚衰，不能振奋精神，则嗜睡。肾病影响中焦脾胃，可致饥不欲食、嘈杂、泄泻、黄疸、肌肉萎缩。肾阴不足，虚火上炎，则口热舌干、咽喉肿痛，神魂不宁，见惊恐不宁。肾病影响上焦心肺，致心烦心痛、咳唾有血、上气而喘。阴寒邪气侵袭肾经，损伤阴气，则脊柱、大腿内侧后缘冷痛，足底灼痛。

3.3.1.9 手厥阴心包经

起始于胸中（承接肾经），归属于心包络，向下通过横膈肌，进入腹腔，历经胸、腹、盆腔三部分，与上焦、中焦、下焦相联络。

胸部支脉：沿着胸壁出于胁部，由腋下三寸处（天池穴）上行至腋窝，沿着臂至掌面下行于手太阴肺经和手少阴心经之间，进入肘弯中央，向下沿前臂掌面正中下行至腕，入于掌中，沿中指前行，止于中指端中冲穴。

手掌中的支脉：从劳宫分出，行向无名指，到指端（关冲），与手少阳三焦经相通。

（1）属络的脏腑

属心包，历络三焦。

（2）主治范围

本经脉循行所联系的脏腑器官和肢体组织出现的各种病症。包括心血管系统及神经、消化、呼吸系统病症；胸部和上肢掌侧病症。如胸胁痛、心绞痛、胃痛、呕吐、神经疾病、喜笑无常等。

（3）临床表现

心悸，心烦，心痛，喜笑不休，面赤，目黄，胸胁胀满，腋肿，臂肘挛急，掌中热。

（4）症因分析

心包经受病，经气不利，气血运行障碍，则心悸、心痛、心神不宁、喜笑不休、心烦。心火上炎，致面赤、目黄。经脉为病邪阻滞，气行不畅，可见胸

胁胀满、腋肿、臂肘挛急、掌中热。

3.3.1.10　手少阳三焦经

起始于无名指末节尺侧关冲穴（承接心包经），沿其背面尺侧、第四掌骨间间隙，上行至腕经前臂背面两骨（桡骨与尺骨）之间上行至肘尖，沿上臂背面上至肩部，与胆经相交叉，并交会于督脉大椎穴；再向前行，经缺盆进入胸腔，分布于膻中（两乳之间），与心肌相联络，继而下行通过膈肌，进入腹腔，归属于上焦、中焦和下焦。

胸中分出的支脉：上行，出缺盆，至项部，经耳后、耳上角，弯行向颊部，止于眶下。

耳后分出的支脉：从耳后向前行，进入耳中，出于耳前方，向前横行至上关穴之前，至颊部，与前脉相交，止于目外眦，与足少阳胆经相通。

（1）属络的脏腑

络心包，属三焦。

（2）主治范围

本经循行所联系的脏腑器官，以及肢体组织出现的各种病症。包括呼吸、循环系统病症；头、面、眼、耳病症；颈、胸与上肢背侧部病症。如偏头痛、耳鸣、耳聋、咽喉肿痛、肩臂痛、肢体外侧部疼痛，腹胀，水肿，遗尿，尿频、尿急、尿痛等。

（3）临床表现

耳聋，目锐眦痛，咽喉肿痛，汗出，耳后、颊部、肩、上臂、肘、前臂外皆痛，小指不听用。

（4）症因分析

三焦经的分支从项系耳直至眼下，故三焦有热可致耳聋、目锐眦痛、咽喉肿痛。津液随阳气外泄则汗出。邪阻经脉，可见耳后、颊部、肩、上臂、肘、前臂外皆痛，小指活动障碍。

3.3.1.11 足少阳胆经

起始于目外瞳子髎穴，上行至额头角部（颔厌），弯行至耳后（风池），沿着颈部下行至肩，和手少阳三焦经相交。向下前行至缺盆部，由此进入胸腔，下行通过横膈肌，进入腹腔，联络肝脏，归属于胆。继而沿着胁肋部从里面下行至腹股沟股动脉处，绕过外生殖器部，向后横行进入髋关节（环跳穴）中，再沿大腿、膝部和小腿外侧下行至腓骨下段，经外踝之前、足背外侧行向第四趾间隙，止于第四趾末节外侧足窍阴穴。

耳后分出的支脉：从耳后进入耳中，由耳前出，至目外眦，再下行经大迎穴，沿颈部下行缺盆，与前脉相会。

缺盆向下直行的支脉：下行腋下，沿着胸侧壁下行，经过季胁，与前脉会于髋关节部。

足背分出的支脉：从足临泣处分出，沿着第一、第二跖骨之间，出于大趾端，穿过趾甲，分布于趾背毫毛处，与肝经相通。

（1）属络的脏腑

属胆，络肝。

（2）主治范围

本经脉循行所联系的各脏腑器官和肢体组织出现的各种病候。包括神经、消化系统病症；头侧部、眼、耳、鼻病症；后背胸胁部和下肢外侧的病症。如偏头痛、半身不遂、肝炎、胆囊炎、胆结石等。

（3）临床表现

口苦，善太息，面色晦暗，皮肤无光泽，头痛，外眼角痛，颔痛，缺盆肿痛，腋下肿，瘰疬，胸胁、肋、髀、膝关节外侧、小腿外侧、外踝及各关节疼痛，足第四趾不听用。

（4）症因分析

胆郁不舒，则善太息，胆汁上逆，致口苦、面色晦暗、皮肤不泽。气机

不利，湿聚生痰，痰气凝聚于颈部，见瘰疬；流注于腋下，则腋下肿。胆经受邪，经气不畅，致偏头痛，或颌部痛，胸胁、髀膝关节、小腿外侧、外踝及各关节疼痛，第四趾不听使唤。

3.3.1.12　足厥阴肝经

起始于足大拇趾背上的大敦穴，沿足背第一跖骨间隙上行，经过内踝前一寸处（中封），上于踝骨，至踝上八寸高度与足太阴脾经相交，继续向上行于小腿、膝部和大腿内侧面至腹股沟，入阴毛中，回绕外生殖器官，进入小腹腹腔，上行于胃外侧，归属于肝，与胆联络。向上行通过横膈肌，进入胸腔，分布于胁肋，沿气管、喉咙的后面上行，进入鼻咽部，上行入头内，连接目系（眼球后部的神经血管等与脑联络的组织），前行出于额部，与督脉交会于头顶。

从目系分出的支脉： 下行于面颊的里面，环绕唇内。

从肝脏处分出的支脉： 上行通过横膈肌，进入胸腔，下行注入肺脏，与手太阴肺经相接。

（1）属络的脏腑

属肝，络胆；并与胃、肺、脑、眼有联系。

（2）主治范围

本经脉循行所联系的脏腑器官和肢体组织出现的各种病症。包括神经、消化、泌尿生殖系统病症；头侧部、眼、耳病症；胸腹及下肢内侧病症。如胁肋疼痛、呕吐、呃逆、口苦、小肠疝气。

（3）临床表现

腰痛不能俯仰，咽喉干燥，胸满，面色晦暗，呕逆，腹泻，遗尿，尿潴留，狐疝，女性小腹部有肿物。

（4）症因分析

足厥阴之支脉与太阴、少阴经脉同结于腰部，故肝经受邪可见腰痛不能俯仰。肝失疏泄，肝气上逆，致咽喉干燥、胸满、面色晦暗。肝气横逆克犯脾胃，脾胃升降失常，见呕逆、腹泻。肝经过阴器抵小腹，故肝脏病变也可见遗尿、尿潴留或狐疝，女性小腹部有肿物。

3.3.2 络脉

3.3.2.1 督脉

督脉起始于小腹内，下出于会阴部长强穴，向上行于脊柱内项后风府穴处，进入脑内，上行至巅顶，经额部下行至鼻柱。

（1）联系的脏腑

与脑、脊髓、肝、肾、子宫有联系。

（2）功能与主治

督脉在循行中与六阳经有联系，称为"阳脉之海"，具有调节全身阳经经气的作用。主治神经、循环、泌尿生殖系统病症；头面部、项、背、腰骶部病症。第1~7颈椎的腧穴，主治心肺疾患；第8~12胸椎的腧穴，主治肝、胆、脾、胃疾患；第1~5腰椎的腧穴，主治肾、膀胱、肠疾患；骶椎部的腧穴，主治泌尿生殖疾患；头部的腧穴，主治头面疾患和神志病。

（3）临床表现

腰脊强直，角弓反张，癫痫，拘挛，抽搐，痔疮。

（4）症因分析

督脉起于会阴，由下而上，行于背部，总督一身之阳，与神志病、肛门疾患有关。故督脉为病，可见痔疮、角弓反张、腰脊强痛。若风邪或痰浊阻滞经脉，经气不利，致四肢抽搐、拘挛，或癫痫发作。督脉循身之背，入络于脑，如果督脉脉气失调，就会出现"实则脊强，虚则头重"的病症，这都是督脉经络之气受阻、清阳之气不能上升之故。由于督脉总统一身之阳气，络一身之阴气，不仅发生腰脊强痛，而且也能发生"大人癫疾、小儿惊痫"。同时，督脉

的别络由小腹上行，如脉气失调，亦发生从小腹气上冲心的冲疝，以及癃闭、遗尿、女子不育等症。

3.3.2.2 任脉

起始于小腹内，下行出于会阴部，上行与外生殖器联络，经过耻骨处入腹，沿着腹内正中线上行，通过横膈肌进入胸腔，上行经咽喉至口唇部承浆穴，环绕口唇，分别上行进入目眶下（承泣，属足阳明胃经）。

从胸部分出的支脉：下行注入肺中，与肺经相通。

（1）联系的脏腑

与肺、子宫等主要脏器联系。

（2）功能与主治

任脉在循行中与六阴经有联系，称为"阴脉之海"，具有调节全身诸阴经经气的作用。主治泌尿、生殖、神经、呼吸、消化、循环系统病症；面部、颈、胸、腹部病症。如肺病、心病、胃病、胸膈病、小肠疝气、赤白带下等。

（3）临床表现

疝气，遗精，遗尿，阴中剧痛，小便不利，不孕，带下，月经不调。

（4）症因分析

任脉起于胞中，出会阴，过阴器，行于腹部，故任脉病变多见于小腹部。若阴寒凝滞或气滞血瘀，经脉不畅，可见阴中剧痛，或疝气，或遗尿、小便不利。任脉循行胸腹正中，于小腹部与足三阴交会，过丹田，主一身之阴，与生殖功能有关，故任脉为病，常见不孕不育、赤白带下、月经不调、疝气、小便不利、遗尿、遗精、阴中痛等前阴诸病。

3.3.2.3 冲脉

起始于小腹内，向下出于会阴部，向上行于脊柱之内，其外行的脉于气冲（腹股沟股动脉）处与足少阴肾经交会，沿着腹部、胸部两侧上行至颈部咽喉，再上行至面，环绕口唇。

（1）联系的经脉

肾经与任脉。

（2）功能与主治

冲脉为督统诸经气血的要冲，能调节十二经气血，故有"十二经之海"和"血海"之称；其脉气在头部灌注诸阳，在下肢渗入三阴，能容纳来自十二经脉五脏六腑的气血。主治胸腹痛、气上冲心、胸脘满闷、结胸、反胃、肠鸣、水气、泄泻、胁胀、脐痛、胎衣不下、血崩昏迷、小腹疼痛、月经疾患。

（3）临床表现

月经不调，不孕，流产，胸腹内绞痛，气逆里急。

（4）症因分析

冲脉为十二经气血之要冲，人身之血海，故与妇女月经、胎产的关系尤为密切。当冲脉之气失调，则常见月经不调、不孕。冲脉气虚不摄，可致胎滑不固。冲脉循小腹而上行，其气逆则可见胸腹绞痛，或自觉气从小腹上冲胸咽，咳唾不止。

3.3.2.4 带脉

起始于季胁部的下方，斜向下行至带脉穴横行绕腰腹一周。

（1）联系的经脉

联系胆经、肝经、脾经、胃经、肾经、任脉和督脉。

（2）功能与主治

带脉横行于腰腹之间，统束全身直行的经脉，状如束带，故称带脉而约束诸经。带脉出自督脉，行于腰腹，腰腹部是冲、任、督三脉脉气所发之处，故带脉与冲、任、督三脉有密切关系。主治痿症、月经不调、赤白带下、腰腹胀满、脐周围腹痛、阴股痛、胁肋痛等。

（3）临床表现

腹胀，腰腿痛，赤白带下，下肢痿软，瘫痪，腰冷如坐水中。

（4）症因分析

带脉环腰一周，总束诸脉。若上下往来之经脉移邪于带脉，则带脉经气不畅，可见腹胀、赤白带下、腰腿痛。带脉与阳明胃经合于宗筋，故带脉为病，也可致下肢痿软、瘫痪。

3.3.2.5　阴跷脉

起始于足内踝之下的照海穴，经内踝之后、小腿和大腿内面上行至阴部，再经腹部、胸部至颈部缺盆（锁骨上大窝），继沿颈部上行至面部，于目内眦与阳跷脉会合。

（1）联系的经脉

肾经、膀胱经和阳跷脉。

（2）功能与主治

阴跷脉从下肢内侧上行至头面，具有交通一身阴阳、调节肢体运动的功能，故能使下肢灵活矫捷。卫气的运行主要通过阴阳跷脉而散布全身，卫气行于阴，主目闭而欲睡。阴跷脉气失调，出现肢体的外侧肌肉弛缓而内侧拘急。主治咽喉气塞，小便淋沥，隆闭，膀胱气痛，肠鸣，肠风下血，黄疸，吐泻反胃，大便艰难，难产昏迷，腹中积块，胸膈痉挛胃气上逆、打嗝，梅核气等。

（3）临床表现

阴跷脉为病，则嗜睡、癫痫、下肢拘挛而足内翻。

（4）症因分析

二跷脉起于足跟，阴跷循内踝上行于身之内侧，主一身左右之阴。阴跷脉患病，则阴寒内盛，故内侧经脉拘急，外侧经脉弛缓。而下肢痉挛足内翻，或嗜睡而闭目不醒。

3.3.2.6　阳跷脉

起始于足外踝之下的申脉穴，沿外踝之后、小腿和大腿外侧、腹侧部、胸侧部上行，经腋窝之后上肩，再沿颈部上行至面，挟口角，进入目内眦，与阴跷脉会合，沿足太阳膀胱经上额，经头顶部向后至项部，与足少阳胆经会合于风池穴处。

（1）联系的经脉

膀胱经、胆经、小肠经、大肠经、胃经和阴跷脉。

（2）功能与主治

阳跷脉从下肢外侧上头面，具有交通一身阴阳、调节肢体运动的功能，故能使下肢灵活矫捷。卫气的运行主要是通过阴阳跷脉而散布全身。卫气行于阳，主目张不欲睡。主治腰背强直，腿肿，恶风，自汗，头痛，目生云翳，视物模糊，两眼发红，眉棱骨痛，双足麻痹，拘急，厥逆，吹乳，耳痛耳鸣，鼻衄，癫痫，骨节疼痛。

（3）临床表现

阳跷脉为病，则失眠、癫痫、下肢拘挛而足外翻。

（4）症因分析

二跷脉起于足跟，阳跷脉循外踝上行于身之外侧，主一身左右之阳。二脉共同作用，使关节矫捷，行动灵活。两脉均达于目内眦，与眼的开合有关，使睡眠和清醒循一定的时间规律。若两脉调节失常，则发癫痫、肢体抽搐。阳跷脉患病，则阳气偏亢，其外侧经脉拘急，内侧经脉弛缓，故下肢痉挛而足外翻。或失眠而目睁不闭，不能入睡。

3.3.2.7 阴维脉

联络诸阴经之脉，起始于小腿内侧筑宾穴，沿小腿、大腿内侧上行至腹部，与足太阴脾经会合，继而上行，经胸部至颈部，与任脉会合于颈部天突、廉泉穴处。

（1）联系的经脉

肾经、脾经、肝经和任脉。

（2）功能与主治

阴维脉有维系、联络全身阴经的作用。阴维脉维络诸阴经，交会于天突、廉泉。在人体各项生理机能正常时，阴阳经脉互相维系，对气血盛衰起调节溢蓄的作用，而不参与环流，如果功能失常，则出现病症。主治心脏疾患、胃痛、胸腹痛、中满、痞胀、肠鸣泄泻、食难下膈、腹中积块、胁肋疼痛、心烦。

（3）临床表现

阴维脉为病，见心痛、胃痛、胸腹痛、阴中疼。

（4）症因分析

阴维起于诸阴交，由内踝而上行于营分，营属阴，阴维受邪则心痛、胃痛、胸腹痛、阴中痛。若人体阴阳失调，阴维脉与阳维脉不能相互维系，阳气耗散则精神不振而怅然失志。阴液衰竭则萎软无力，不能自主。

3.3.2.8 阳维脉

联络诸阳之脉，起始于足跟外侧金门穴，向上出于外踝，沿小腿、大腿外侧之胆经上行，经髀枢（髋关节）、腹侧部、胸侧部、腋窝之后上肩，经颈部、面部至前额，沿头部向后至顶部，与督脉会合于风府、哑门穴处。

（1）联系的经脉

膀胱经、胆经、小肠经、三焦经和督脉。

（2）功能与主治

阳维脉维络诸阳经，交会于督脉的风府、哑门。在正常情况下，阴阳经脉互相维系，对气血盛衰起调节溢蓄的作用，而不参与环流，如果功能失常，则出现病症。主治发冷、发热、腰痛、肢节肿痛、头项疼痛、手足热、盗汗、自汗、肢体乏力、懒于行动。

（3）临床表现

阳维脉为病，见怕冷、发热。若阴阳维脉不相协调，则怅然失志、不能自持。

（4）症因分析

阳维起于诸阳会，具有维系诸阳经的功能，由外踝而上行于卫分，卫属表，故阳维受邪则怕冷、发热。

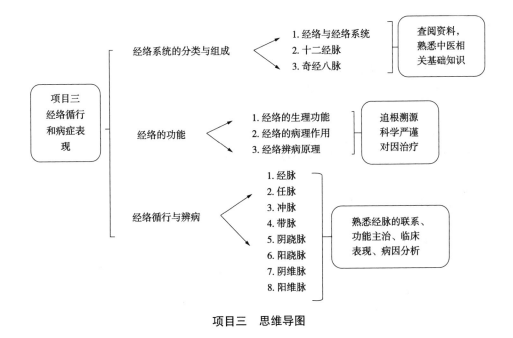

项目三　思维导图

目标检测三

一、单选题

1.手三阴经的走向规律是（　　）。

A.从胸走手　　　　　　B.从足走胸腹　　　C.从手走头　　　D.从头走足

答案A

2.足三阴经的走向规律是（　　）。

A.从胸走手　　　　　　B.从足走胸腹　　　C.从手走头　　　D.从头走足

答案B

3.中医的五脏包括（　　）。

A.心、脑、脾、肝、肾　　　　　　B.心、肺、脾、肠、肾

C.心、肺、胃、肝、肾　　　　　　D.心、肺、脾、肝、肾

答案D

4.六腑包括（　　）。

A.胆、胃、大肠、心、膀胱、三焦　　　B.胆、胃、大肠、小肠、心、三焦

C.胆、胃、大肠、小肠、膀胱、三焦　　　D.胆、肺、大肠、小肠、膀胱、三焦

答案C

5.手太阴肺经由（　　）起始。

A.大肠　　　　　　　B.中焦　　　　　C.肺　　　　　D.心

答案B

二、简答题

1.经络系统的组成包括哪些项目？

2.十二经脉的交接规律包括哪些？

3.十二经脉的流注次序是什么？

项目 **4**

小儿常见病症的推拿治疗

学习目标

了解小儿与成人解剖、生理特点的区别；
熟悉小儿推拿与成人推拿手法的区别；
掌握小儿推拿手法的动作要领、操作方法；
掌握小儿常见病症推拿治疗的方法。

任务 1 小儿推拿概述

小儿推拿是建立在祖国医学整体观念的基础上，以阴阳五行、脏腑经络等学说为理论指导，运用各种手法刺激穴位，使经络通畅、气血流通，以达到调整脏腑功能、治病保健目的的一种方法。

小儿推拿的治疗体系形成于明代，以《保婴神术按摩经》等小儿推拿专著的问世为标志。小儿推拿的穴位有点状穴、线状穴、面状穴等，在操作方法上强调轻快柔和、平稳着实，注重补泻手法和操作程序，对常见病、多发病均有较好疗效，尤其对小儿消化道病症疗效甚佳。

小儿并非成年人的缩影，小儿时期处在生长发育的过程中，不论在生理、病理、辨证和治疗（手法、穴位、操作次数或时间）等方面与成人推拿有诸多不同之处。

4.1.1 小儿生理病理特点

4.1.1.1 小儿生理特点

脏腑娇嫩、形气未充：腑指五脏六腑；形气指形体结构、精血、津液和脏腑功能。所谓脏腑娇嫩、形气未充是指小儿出生以后，五脏六腑都是娇嫩的，其形体结构、四肢百骸、筋骨筋肉、精血津液、气化功能都是不够成熟和相对不足的。具体表现在肌肤柔嫩、腠理（皮肤、肌肉的纹理）疏松、气血未充、脾胃薄弱、肾气未固、神气怯弱、筋骨未坚等方面。

从脏腑娇嫩的生理特点表现来说，五脏六腑的形气皆属不足，但其中以肺、脾、肾三脏不足，而心、肝两脏相对充足。

根据小儿五脏三不足两有余的特点，可以进一步认识小儿生理特点在脏腑中的表现。

①小儿脾常不足：幼儿脾胃功能薄弱，消化食物功能较差，而脾胃又是气血的源头。此外，幼儿发育迅速，生长旺盛，营养需求相对多一点。幼儿若稍有饮食问题，则会损伤脾胃而生病，故小儿有脾常不足的生理特点。

②小儿肺常不足：幼儿抵抗力较弱，肺脏又娇嫩，容易被外邪所侵，所以幼儿比成人更容易患流行疾病。同时脾与肺为母子关系，脾胃薄弱，肺气也薄弱，故小儿有肺常不足的生理特点。

③小儿肾常不足：幼儿发育不完全，肾是主导生长发育的，其他脏腑功能也跟肾有关系。所以幼儿生长发育，抗病能力以及骨髓、脑髓、发、耳、齿等正常发育与功能皆和肾有关。当发育不够成熟、脏腑娇嫩、气血未充、肾气未盛时，就会患有五迟五软等疾病，病后容易出现肾气不足，疾病反复发作，故小儿有肾常虚的生理特点。

④小儿肝常有余：小儿五脏六腑之气血均属不足，所谓肝常有余，就是幼儿生病期间，他的饮食情志不能自控，从而引起肝风。

⑤小儿心常有余：指小儿发育迅速，自愈能力比较强，心神易被干扰。

生机蓬勃、发育迅速：生机指各种活动机能，发育指生长过程。小儿时期机体各组织器官的形态发育和气化功能都是稚弱而不够成熟完善的，但又是不断成熟和完善的。这好比旭日东升，草木方萌，蒸蒸日上，欣欣向荣。小儿为稚阴稚阳之体，生长发育迅速，机体对食物的需要相比成人更迫切。

4.1.1.2　小儿病理特点

①**易于感触、易于传变**：易于感触，即小儿肌肤疏薄，脾胃不足，抗病力弱，加上寒暖不能自调，饮食不会自控，一旦喂养不当，则容易感染病邪，特别是肺、脾、肾三脏病症最多。易于传变，即小儿病后容易发生变化，传播迅速。

②**易虚易实、易寒易热**：虚实主要是指人体正气强弱与病邪的盛衰。"邪气盛则实，精气夺则虚。"小儿患病以后实证可以迅速转化为虚证或者虚实并见、正虚邪实、虚实错杂的证候。寒热主要是指疾病病理表现两种不同的证候。小儿为纯阳之体，发育旺盛，易患时行疾病，并易从热化。但小儿毕竟脏腑薄弱，气血未充，邪气易实，正气易伤，故热病又易寒化。特别是阳虚之体，更易寒从内生，而出现阴寒内盛之症。

③**脏气清灵、易趋康复**：小儿在发育的过程中，疾病比较单纯，故小儿患病以后，只要辨证正确，治疗及时，护理得当，也较易康复。

4.1.2　小儿推拿适应证

以呼吸系统疾病、消化系统疾病、小儿保健为主。

4.1.2.1　适应证

小儿感冒、发烧、咳嗽、肺炎、哮喘、急慢性咽炎、消化不良、厌食、腹痛、腹泻、呕吐、便秘、遗尿、惊吓、夜啼、斜颈等。

4.1.2.2　小儿保健

如健脾和胃保健、保肺益气保健、病后恢复保健、补肾益智保健。

4.1.3　小儿推拿手法原则

4.1.3.1　小儿推拿常见手法有十种

推、拿、按、摩、揉、运、捣、掐、搓、捏。

4.1.3.2　手法补泻

有补、泻和平补平泻三法。

①补泻主要与手法用力的轻重、操作速度、方向有关：速度慢，顺经方向（有些特定穴有它独特的补泻方法）为补，反之为泻。用力和速度在两者之间，方向是来回推为平补平泻。

②热证揉手心穴位，寒证揉手背穴位，手背均为补阳。

③推拿时顺时针为补，逆时针为泄；手法轻为补，重为泄；慢为补，快为泄；推单数为补，双数为泄；向心推为补，离心推为泄。

4.1.3.3　频率

小儿推拿的速度以每分钟 150~200 次为宜。1 次治疗，每个穴位需要推 1000~3000 次，需要 5~15 分钟。

4.1.3.4　要求

持久、有力、均匀、渗透，轻快、柔和、平稳、着实。

4.1.3.5　顺序

先头面，次上肢，再胸腹、腰背，后下肢，可选推左手或右手，一般选一侧即可。

4.1.3.6　处方

手法＋穴位＋时间（操作次数），如揉太阳穴 100 次、捏脊 10 遍、摩腹 2 分钟。

4.1.4　小儿推拿介质

4.1.4.1　清介质

滑石粉、爽身粉、水、酒精（切勿用油、膏之类的介质）。

4.1.4.2　药介质

①**生姜汁**：发汗解表、温中健胃、助消化之功效。

②**葱白汁**：发汗解表、散寒通阳之功效。

③**薄荷水**：疏散风热、清利头目之功效。

④**中药原液**：（类同枸杞原液）增强免疫力。针对不同的症状用不同的中药原液，直接渗透到经络穴位中去，起到事半功倍的效果。

4.1.5　小儿推拿特点与优势

4.1.5.1　小儿推拿的特点

①在经穴方面提出了五指经穴通连五脏的观点。

②穴位集中于头面及上肢部，特定穴位以点、线、面状为主。

③推拿手法强调以轻柔、着实为主，要求轻而不浮、快而不乱、平稳着实作用深透、适达病所。

④在临床操作中，一是强调先上肢，次头面，再胸腹，然后腰背，最后下肢的操作程序；二是强调手法的补泻作用；三是重视膏摩的应用。

4.1.5.2　小儿推拿的优势

①以中医理论为框架，遵循中医对小儿特有的经络穴位的认识，从中医的诊断与辨证思路着手，淡化现代医学病毒、细菌等固定的思维模式。

②作为一种绿色纯手工操作的非药物疗法，具有安全、无毒副作用的特点。在治疗的过程中，无形中能够减轻小儿肉体的痛苦、心里的恐惧，对小儿的身心发育有非常好的帮助作用。

4.1.6　小儿推拿的注意事项与禁忌证

4.1.6.1　小儿推拿操作注意事项

①传统小儿推拿主要用于 6 岁以下的儿童，年龄越小疗效越好。7 岁以上的儿童配合脏腑点穴位法或成人推拿手法进行治疗。

②室内应保持清静、整洁、光线柔和、空气清新、温度适宜，小儿要注意避风、忌食生冷。

③小儿推拿操作者要保持双手清洁，指甲宜短，冬季推拿时双手宜暖。

④小儿过饥或过饱，均不利于小儿推拿疗效的发挥，在小儿哭闹之时，要先安抚好小儿的情绪，再进行调理。

⑤小儿皮肤娇嫩，推拿时需借助介质，以防皮肤破损。

⑥在调理时要注意小儿的体位姿势，原则上以使小儿舒适为宜，并能消除其恐惧感，同时还要便于操作。

⑦调理顺序应先上肢，次头面，再胸、腹、后背，最后下肢，或者先主穴，后配穴。

4.1.6.2　小儿推拿的禁忌证

①皮肤发生烧伤、烫伤、擦伤、裂伤及生有疥疮者，局部不宜推拿。

②某些急性感染性疾病，如蜂窝织炎、骨结核、骨髓炎、丹毒等患者不宜推拿。

③各种恶性肿瘤、外伤、骨折、骨头脱位等患者不宜推拿。

④某种急性传染病，如急性肝炎、肺结核病等患者不宜推拿。

⑤严重心脏病、肝病患者及精神病患者，慎推拿。

任务2
小儿推拿常用手法

4.2.1　小儿推拿的基础手法

4.2.1.1　推法

①**直推法**：以拇指桡侧或指面在穴位上作直线推动，亦可用食中二指面着力作直线推动。

②**旋推法**：以拇指面在穴位上作顺时针方向的旋转推动。

③**分推法**：用两手拇指桡侧或指面，自穴位中间向两旁分向推动。

④**合推法：**以拇指桡侧缘自穴位两端向中央推动。

4.2.1.2　揉法

①**指揉法：**以指端着力于穴位作环旋揉动。

②**掌揉法：**以掌着力于穴位作环旋揉动。

③**鱼际揉法：**以大鱼际着力于穴位作环旋揉动。

4.2.1.3　按法

以掌根或拇指在一定的部位或穴位上，逐渐向下用力按压称为按法。

4.2.1.4　摩法

以手掌面或食指、中指面附着于一定部位上，以腕关节连同前臂，作顺时针或逆时针方向环形移动摩擦。

4.2.1.5　掐法

用指甲重按穴位称掐法。

4.2.1.6　捏法

①**二指捏：**医生两手略尺偏，两手食指中节桡侧横抵于皮肤，拇指置于食指前方的皮肤处。两手指共同捏拿肌肤，边捏边交替前进。

②**三指捏：**两手略背伸，两手拇指桡侧横抵于皮肤，食指、中指置于拇指前方的皮肤处。三手指共同捏拿肌肤，边捏边交替前进。

4.2.1.7　运法

以拇指或食指、中指端在一定穴位上由此往彼作弧形或环形推动称运法。

4.2.2　常用复式手法

4.2.2.1　黄蜂入洞

【**部位**】在两鼻孔处。

【**操作**】用食指、中指的指端按揉两鼻孔的下缘或两侧迎香穴。

【**功效**】开肺窍、通鼻息、发汗解表。

【**主治**】发汗、通气、鼻塞、流涕。

4.2.2.2　水底捞月

【部位】在小指掌面至手心处。

【操作】以辅手握持小儿左手四指，再以右手食、中指固定其拇指，然后用小儿小指尖，推至小天心处，再转入内劳宫为一遍。亦可将冷水滴入小儿左手掌心，以拇指或中指指端旋推，边推边吹凉气。推 30~50 遍。

【功效】性寒凉，有退热之功。

【主治】发热、高热实证。

4.2.2.3　打马过天河

【操作】用食指、中指指面沿前臂内侧中线从腕部总筋穴弹打至尺泽穴。10~12 次。

【功效】清热、通经、行气。

【主治】心经有热、邪陷心包（神昏、烦躁、高热等）。

4.2.2.4　总收法

【操作】一手中指掐按一侧肩井，另一手拿患儿的食指、无名指，使其上肢伸直并摇之。

【功效】提神、开通血脉、调和气血。

【主治】感冒、上肢痹痛。

任务3 小儿推拿常用穴位

小儿推拿穴位以特定穴为主，有"小儿百脉汇聚于两掌"之说。按部位分为：头面部、手部、上肢部，以点、线、面为主。

4.3.1 开天门

【部位】眉心至前发际成一直线。

【操作】双拇指指腹交替推之，由眉心推至前发际为正推，反向为反推。

【功效】正推能开窍醒神，反推能宁心安神。

【主治】正推治头晕、头痛、头昏、嗜睡等；反推治心神不宁、夜寐不安等。

4.3.2 揉太阴、太阳

【部位】两眉外梢后陷中，左为太阳、右为太阴。

【操作】双拇指指腹揉两侧太阴、太阳穴。

【功效】开窍醒神、宁心安神。

【主治】外感表证，发热无汗、表虚自汗，易外感，汗出过多。

4.3.3 分推坎宫

【部位】在两眉上直对瞳子，自内眉梢至外眉梢成一条直线。

【操作】两拇指自眉心向眉梢分推。

【功效】发汗解表、醒脑、镇惊、安神。

【主治】外感发热、头痛、小儿惊症。

4.3.4 揉耳后高骨

【部位】两耳后，乳突后缘与后发际交界处。

【操作】两拇指或中指端揉。

【功效】疏风解表，止头痛，兼安神除烦。

【主治】外感发热、头痛、神昏烦躁。

4.3.5 脾穴

【部位】拇指桡侧赤白肉际由指端至指根。

【操作】屈指由指端至指根为补脾，直指由指根至指端为清脾。

【功效】补能健脾壮气血、燥湿止泻；清能清热利湿、健脾止痢。

【主治】补脾用于虚寒泄（痢）不思饮食、腹胀、呕逆，慢惊风，肌衄，异嗜食物、四肢不温，流口涎，贫血等一切虚寒证。清脾用于湿热泻（痢）、便秘、腹胀厌食、呕吐、痰热咳嗽等一切实热证。

4.3.6 胃穴

【部位】大鱼际外侧赤白肉际处，拇指根至腕横纹。

【操作】由腕横纹推至拇指根（只清不补）。

【功效】清胃热、降逆。

【主治】呕吐、厌食、腹胀、口气臭秽、消谷善饥等。

4.3.7 肝穴

【部位】食指指面，由指根至指端。

【操作】用推法，由指根推至指端（只清不补）。

【功效】平肝熄风、解热镇惊、疏肝郁、除烦躁。

【主治】急慢惊风、发热外感、目疾、脾虚证、贫血证、呕逆、便秘、泄泻等。

4.3.8 心穴

【部位】中指指面，由指根至指端。

【操作】由指根推至指端。

【功效】清心火、补气血、利尿。

【主治】口舌生疮、面红唇红、吐弄舌、难寐、烦躁、小便短赤。

4.3.9　肺穴

【部位】无名指面，指根至指端。

【操作】推法，清肺由指根推至指端；补肺由指端推至指根。

【功效】清肺能宣肺解表、止咳化痰；补肺能益气。

【主治】清肺，用于外感发热、咳嗽痰多、便秘等；补肺，用于少气懒言、咳声无力、自汗、易外感等。

4.3.10　肾穴

【部位】小指指面，由指端至指根。

【操作】推法，由指端推至指根或由指根推至指端。

【功效】由指端推至指根为补肾阴，能培补元阴、制五脏之热；由指根推至指端为补肾阳，能培补元阳、制五脏之寒。

【主治】补肾阴，能制五脏之热，治他脏热证、遗尿、虚火牙疼、先天不足；补肾阳，能制五脏之寒。

4.3.11　小天心

【部位】腕横纹上，大小鱼际交会处。

【操作】揉、捣、掐。

【功效】揉能安神定惊；捣能清热明目。

【主治】睡卧不宁、惊惕不安、慢惊风；急惊风、昏睡、倦怠。

4.3.12　分阴阳

【部位】小天心两侧，尺侧为阴，桡侧为阳。

【操作】两拇指分推或单拇指推。

【功效】分配阴阳，调和五脏。

【主治】一切脏腑之寒热虚实证。

4.3.13　合阴阳

【部位】小天心两侧，尺侧为阴，桡侧为阳。

【操作】单手拇指和食指合推之。

【功效】行痰化结化湿。

【主治】痰涎壅盛、泄邪（寒湿或湿热）。

4.3.14　内八卦

由乾、坎、艮、震、巽、离、坤、兑八宫组成，与自然界的天、水、山、雷、风、火、地、沼泽相应，与人体的肺、肾、胃、胆、肝、心、脾、肠相合。

【部位】以掌心为圆心，以掌心至中指根的 2/3 为半径画圆，圆弧线上平均分成 8 份即是。

【功效】脏腑一切寒热证。

【主治】顺运是指由乾宫经坎、艮宫至兑宫，治寒，通一身之气血，开脏腑之闭结。逆运是指由艮宫经坎、乾宫至震宫，治热，降胃气，消宿食，进饮食。

4.3.15　四横纹

【部位】食指、中指、无名指指掌横纹处。

【操作】搓擦。

【功效】调和气血、退热消胀、散瘀结。

【主治】疳积、瘦弱、腹胀、不思饮食、脚软、气促、咳痰等（干咳）。

4.3.16　四缝

【部位】食指、中指、无名小指第二横纹处。

【操作】挑刺出血。

【功效】除湿健脾（调理三焦、扶元理肠）。

【主治】疳积。

4.3.17　小横纹

【部位】小指指掌关节横纹处。

【操作】揉小横纹。

【功效】开胸散瘀、止咳化痰。

【主治】一切呼吸系统疾病，咳、喘、痰。

4.3.18　内劳宫

【部位】掌心，握拳当无名指、中指尖之间。

【操作】揉、运。

【功效】清热解表：逆揉解表发汗（相当于顺运内八卦），顺揉清热泻火（相当于逆运内八卦）。

【主治】逆揉——外感表证；顺揉——一切热证。

4.3.19　外劳宫

【部位】三四掌骨歧缝间，正对掌心内劳宫。

【操作】揉法。

【功效】温中散寒，兼有解表散寒的作用（里寒）。

【主治】脾胃虚寒性泄泻、腹痛、厌食、面黄肌瘦、四肢不温、恶寒发热等一切寒证。

4.3.20 运土入水

【部位】起于拇指桡侧少商穴，经脾、胃、阳、小天心、阴、小鱼际至肾穴。

【操作】运法。

【功效】温中健脾止泻。

【主治】虚寒泄痢、下元虚寒性的遗尿。

4.3.21 运水入土

【部位】补肾阴，经小鱼际、阴、小天心、阳、胃至脾。

【操作】运法。

【功效】润肠通便。

【主治】便秘、湿热泄痢。

4.3.22 大肠

【部位】食指桡侧由指端至虎口成直线。

【操作】直推法，由指端推至虎口为补大肠；由虎口推至指端为清大肠。

【功效】补法温中、涩肠、止泻；泻法清热、利湿、通便。

【主治】补法或清补：虚寒泻痢、脱肛、气虚咳痰（常配运土入水）；清法或清补：湿热（实热）性便秘、湿热泻痢、肺热咳痰（常配运水入土）。

4.3.23 小肠（利小便穴）

【部位】小指尺侧由指根至指端。

【操作】由指根推至指端为清小肠；由指端推至指根为固膀胱。

【功效】利尿止泻（清小肠）；固尿止遗、通利大便（固膀胱）。

【主治】清小肠用于小便不通、短赤、尿急尿痛、泄泻、心火上炎、吐舌弄舌、口舌生疮；固膀胱用于下元虚寒遗尿、便秘便干。

4.3.24　总筋

【部位】腕横纹中点处。

【操作】揉法。

【功效】清热散结。

【主治】口疮、流口水、潮热等一切热证，尤其阴虚证。

4.3.25　板门

【部位】拇指根下平肉处，内有筋头。

【操作】揉板门。

【功效】止呕、降逆。

【主治】霍乱吐泻（急性胃肠炎）、上吐下泻、呕逆。

4.3.26　神门

【部位】腕横纹微上，尺动脉搏动处。

【操作】揉法。

【功效】安神镇惊。

【主治】睡卧不宁，惊惕不安，烦躁难寐。

【临床】神门配小天心增强效果。

4.3.27　内关

【部位】腕横纹上 2 寸。

【操作】揉法。

【功效】开胸利膈，行气活血。

【主治】哮喘、痰喘气吼、头痛、心脏疾患、胸腔疾患。

4.3.28 二马（二人上马）

【部位】四五掌骨歧缝间，正对内八卦兑宫。

【操作】揉法。

【功效】温补下元，补命门真火。

【主治】下元虚寒性遗尿、脱肛、五更泻、惊吓伤阳发热等一切虚证。

4.3.29 一窝风

【部位】手背腕横纹中点。

【操作】揉法。

【功效】解表散寒为主，兼有温中散寒的作用（表寒）。

【主治】一切外感表证、脾胃虚寒、中焦寒证。

4.3.30 膊阳池

【部位】腕背横纹上2寸（寸许）。

【操作】揉法。

【功效】清脑降逆。

【主治】头晕、头痛、头昏、鼻流清涕等头部一切疾患，头痛不论寒热虚实皆有效。

4.3.31 二扇门

【部位】手背中指根两侧凹陷处。

【操作】揉法。

【功效】解表发汗。

【主治】外感表证、恶寒、无汗。

4.3.32　威灵、精宁

【部位】威灵——手背二三掌骨歧缝间；精宁——手背四五掌骨歧缝间。

【操作】对揉或者对拿。

【功效】对拿则开窍醒神，对揉则和血散结。

【主治】对拿治神昏、嗜睡、急惊厥；对揉治痰喘、咳嗽。

4.3.33　五指节

【部位】5 个手指各关节处。

【操作】用拇、食两指相对掐之。

【功效】调和气血、开窍镇惊、疏肝和血。

【主治】急、慢惊风，惊惕不宁。

4.3.34　天河水

【部位】前臂正中由腕横纹至肘横纹成一直线。

【操作】由腕横纹推至肘横纹为清天河水；由肘横纹推向腕横纹为取天河水。

【功效】清天河水——解表退热；取天河水——滋阴清热。

【主治】清天河水性热，主治一切寒证，如恶寒发热、流清涕；取天河水性寒，主治阴虚、高热等一切热证。

4.3.35　三关

【部位】由鱼际至曲池穴的连线上。

【操作】由腕推至肘为补三关，由肘推至腕为清三关。

【功效】补三关，有大补大热之功，能培补元气，通过元阳蒸发而熏蒸取汗；清三关，有大清大凉之功，能培补元阴，清热泻火。

【主治】一切脏腑之寒热证。

4.3.36　六腑

【部位】前臂尺侧缘。

【操作】由肘推至腕为退六腑。

【功效】清六腑之热、泻五脏之火。

【主治】凉血退热、退实热、消疮疖肿、除热痰、高烧惊厥，鹅口疮，喉肿痛，便秘，疹痘不消等一切实热证。

4.3.37　天柱骨

【部位】后发际至大椎穴。

【操作】指推。

【功效】降逆止呕、祛风散寒。

【主治】呕吐、干呕、外感发热。

4.3.38　龟尾及七节骨

【部位】尾骨尽头至第四腰椎成一直线。

【操作】推法。

【功效】调理胃肠。上推上捏为补，下推下捏为泻。

【主治】补法用于虚寒泻痢、脱肛等；泻法用于便秘、湿热泻痢等。

4.3.39　捏脊

【部位】背部，从尾椎到大椎穴。

【操作】捏法。

【功效】增强人体免疫力。

【主治】调理人体阴阳、脾胃等，退高热。

4.3.40　拿肚角

【部位】肚脐下2寸，旁开2寸处。

【操作】拿法。

【功效】健脾和胃、理气消滞。

【主治】寒热、腹痛、泄邪、痢疾、便秘。

任务4
小儿常见病症之腹泻

患儿腹泻是以腹泻为主要症状的一种儿科常见病，三岁以内小儿发病率较高。是以大便次数增多、粪质稀薄或如水样为特征的消化道疾病，本病四季皆可发生，尤以夏、秋两季为多。如治疗不及时，迁延日久可影响小儿的营养、生长和发育。重症患儿还可产生脱水、酸中毒等一系列严重症状，甚至危及生命。

【病因病机】

（1）感受外邪

腹泻的发生与气候有密切关系。寒、湿、暑、热之邪皆能引起腹泻，而尤以湿邪引起的为多。脾恶湿喜燥，湿困脾阳，使运化不健，对饮食水谷的消化吸收发生障碍而致腹泻。

（2）内伤乳食

由于喂养不当，饥饱无度，或突然改变食物性质，或恣食油腻、生冷；或饮食不洁，导致脾胃损伤，运化失职，不能腐熟水谷而致腹泻。

（3）脾胃虚弱

小儿脏腑娇嫩，脾常不足，且小儿生机蓬勃，脾胃负担相对较重，一旦受到外来因素的影响就能导致脾胃受损，使水谷不得运化，则水反而为湿，谷反而为滞，水湿滞留，下注肠道而为腹泻。

现代医学认为婴儿腹泻除与饮食、气候等因素有关外，还与致病性大肠杆菌、病毒及其他感染有关。

【临床表现】

（1）寒湿泻

大便清稀多沫，色淡不臭，肠鸣腹痛，或伴有发热、鼻塞、流涕等上呼吸道感染常见症状，面色淡白，口不渴，小便清长，苔白腻，脉濡，指纹色红。

（2）湿热泻

腹痛即泻，急迫暴注，色黄褐恶臭，身有微热，口渴，尿少色黄，苔黄腻，脉滑数，指纹色紫。严重者可见暴泻黄色浊水，日泻十次有余，极易产生脱水、酸中毒等一系列严重症状，威胁患儿生命。

（3）伤食泻

腹痛胀满，泻前烦躁哭闹，泻后痛减，大便量多酸臭如败卵，口臭纳差，或伴呕吐酸馊，苔厚或垢腻，脉滑。

（4）脾虚泻

久泻不愈，或经常反复发作，面色苍白，食欲不振，便稀夹有奶块及食物残渣，或每于食后即泻，舌淡苔薄，脉濡。若腹泻日久不愈，进而可损及肾阳，症见面色苍白，大便水样，次数频多，四肢厥冷，舌淡苔白，脉软弱无力。甚者出现腹泻不止，完谷不化，脉微欲绝等危象。

现代医学根据腹泻之轻重将其分为轻型（单纯性消化不良）和重型（中毒性消化不良）。重型者临床症状皆较重，并伴有显著的全身症状，可由轻型转变而来，亦可急性发病，腹泻一般每天 10 次以上，便中含大量水分，患儿食欲低下，常并发呕吐、发热等，体重很快下降，若不及时治疗，可逐渐出现脱水和酸中毒的症状，甚至可危及生命，故在临床上必须严密观察病情变化。

【治疗】

（1）寒温泻

①**治则**：温中散寒，化湿止泻。

②**处方**：补脾经 300 次、推三关 300 次、补大肠 300 次、揉外劳宫 100 次、推上七节骨 200 次、揉龟尾 300 次、按揉足三里 50 次、揉脐摩腹各 5 分钟。

③**方义**：推三关、揉外劳温阳散寒，配补脾经、揉脐与按揉足三里能健脾化温，温中散寒；补大肠、推上七节骨、抒龟尾温中止泻。

腹痛、肠鸣重者加揉一窝风、拿肚角；体虚加捏脊；惊惕不安加清肝经、掐揉五指节。

（2）湿热泻

①**治则**：消热利湿，调中止泻。

②**处方**：清脾胃 300 次、清大肠 300 次、清小肠 300 次、清天河水 300 次、退六腑 300 次、揉天枢 50 次、揉龟尾 300 次。

③**方义**：消脾胃以清中焦湿热；清大肠、揉天枢清利肠腑湿热积滞；退六腑、消小肠清热利尿除湿；配揉龟尾以理肠止泻。

（3）伤食泻

①**治则**：消食导滞，和中止泻。

②**处方**：补脾经 300 次、清大肠 300 次、揉板门 100 次、运内八卦 100 次、揉天枢 200 次、揉龟尾 100 次、揉中脘 5 分钟、摩腹 5 分钟。

③方义：补脾经、揉中脘、运内八卦、揉板门、摩腹健脾和胃，行滞消食；清大肠、揉天枢疏调肠腑积滞；配揉龟尾以理肠止泻。

（4）脾虚泻

①治则：健脾益气，温阳止泻。

②处方：补脾经 300 次、补大肠 300 次、推三关 100 次、推上七节骨 200 次、揉龟尾 100 次、摩腹 5 分钟、揉脐 5 分钟、捏脊 5 遍。

③方义：补脾经、补大肠健脾益气，固肠实便；推三关、摩腹、揉脐、捏脊温阳补中；配推上七节骨、揉龟尾以温阳止泻。

肾阳虚者，加补肾经、揉外劳；腹胀加运内八卦；久泻不止者加按揉百会。

【注意事项】

治疗期间，注意水分补充，可选择淡盐水、糖水或适当加入果汁，操作过程中注意腹部保暖，避免受凉，注意观察病情，如小儿出现面色苍白、小便极少或无、眼眶凹陷、呕吐频繁、饮食难进、精神萎靡等症时，宜抓紧时机，配合中西药物治疗。

任务5
小儿常见病症之便秘

小儿便秘是由于排便规律改变所致，指排便次数明显减少、大便干燥、坚硬，秘结不通，排便时间间隔较久（≥3 天），无规律，或虽有便意而排不出大便的一种病症。

【病因病机】

①饮食不节，过食辛热厚味，以致肠胃积热，气滞不行，或于热病后耗伤津液，导致肠道燥热，津液失于输布而不能下润，于是大便秘结，难以排出。

②先天不足，身体虚弱；或病后体虚，气血亏损。气虚则大肠传送无力，血虚则津少不能滋润大肠，以致大便排出困难。

【临床表现】

（1）实秘

大便干结，面赤身热，口臭唇赤，小便短赤，胸胁痞满，纳食减少，腹部胀痛，苔黄燥，指纹色紫。

（2）虚秘

面色淡白无华，形瘦乏力，神疲气怯，大便努挣难下，舌浅苦薄，脉沉无力，指纹色淡。

【治疗】

（1）实秘

①**治则：**顺气行滞，清热通便。

②**处方：**清大肠 300 次、退六腑 300 次、运内八卦 100 次、按揉膊阳池 300 次、按揉足三里 100 次、推下七节骨 100 次、揉天枢 100 次、搓摩胁肋 100 次、摩腹 5 分钟。

③**方义：**清大肠、揉天枢荡涤肠腑邪热积滞；摩腹、按揉足三里健脾和胃，行滞消食；搓摩胁肋、运内八卦疏肝理气，顺气行滞；推下七节骨、按揉膊阳池配退六腑以通便清热。

（2）虚秘

①**治则：**益气养血，滋阴润燥。

②**处方：**补脾经 300 次、清大肠 300 次、推三关 300 次、揉上马 300 次、按揉膊阳池 300 次、揉肾俞 100 次、按揉足三里 100 次、捏脊 5 遍。

③方义：补脾经、推三关、捏脊、按揉足三里补养气血，健脾调中，强壮身体；清大肠、按揉膊阳池，配揉上马、揉脐、揉肾俞滋阴润燥，理肠通便。

【注意事项】

培养患儿定时排便的习惯，嘱患儿多吃蔬果，并适当增加富含膳食纤维的食物（根茎类蔬菜、菠萝）的摄入，并鼓励患儿多喝水、适当运动。

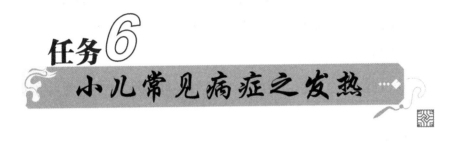

任务 6
小儿常见病症之发热

发热即体温异常升高，是小儿常见的一种病症，是多种疾病的常见症状。小儿正常体温常以肛温 36.5~37.5℃，腋温 36~37℃ 衡量。通常情况下，腋温比口温（舌下）低 0.2~0.5℃，肛温比腋温约高 0.5℃。若腋温超过 37.4℃，且一日间体温波动超过 1℃ 以上，可认为发热。所谓低热，指腋温为 37.5~38℃、中度热 38.1~39℃、高热 39.1~40℃、超高热则为 41℃ 以上。临床上一般可分为外感发热、肺胃实热、阴虚内热三种。外感发热，一般是指感冒而言，但急性传染病初起时也可见到，对于年幼体弱小儿，由于得病以后容易出现兼症，应予注意。

（1）外感发热

由于小儿体质偏弱，抗邪能力不足，加之冷热不知调节，家长护理不周，易为风寒外邪所侵，邪气侵袭体表，卫外之阳被郁而致发热。

（2）阴虚内热

小儿体质素弱，先天不足或后天营养失调，或久病伤阴而致肺肾不足，阴液亏损引起发热。

（3）肺胃实热

多由于外感误治或乳食内伤，造成肺胃壅实，郁而化热。

【临床表现】

（1）外感发热

发热，头痛，怕冷，无汗，鼻塞，流涕，苔薄白，指纹鲜红，为风寒；发热，微出汗，口干，咽痛，鼻流黄涕，苔薄黄，指纹红紫，为风热。

（2）阴虚发热

午后发热，手足心热，形瘦，盗汗，食欲减退，脉细数，舌红苔燥，指纹淡紫。

（3）肺胃实热

高热，面红，气促，不思饮食，便秘烦躁，渴而引饮，舌红苔燥，指纹深紫。

【治疗】

（1）外感发热

①治则：清热解表，发散外邪。

②处方：推攒竹 30 次、推坎宫 30 次、揉太阳穴 30 次、清肺经 300 次、清天河水 300 次。风寒者加推三关，掐揉二扇门、拿风池；风热者加推脊。

③方义：清肺经、清天河水宣肺清热，推攒竹、推坎宫、揉太阳穴疏风解表，发散外邪；风寒者加推三关，掐揉二扇门，拿风池发汗解表，祛散风寒；风热者加推脊、多清天河水以清热解表。

若兼咳嗽、痰鸣气急者加推揉膻中、揉肺俞、揉丰隆、运内八卦；兼见脘腹胀满，不思乳食，嗳酸呕吐者加揉中脘、推揉板门、分腹阴阳、推天柱骨；兼见烦躁不安，睡卧不宁，惊惕不安者加清肝经、掐揉小天心、掐揉五指节。

（2）阴虚内热

①**治则**：滋阴清热。

②**处方**：补脾经300次、补肺经300次、揉上马300次、清天河水300次、推涌泉300次，按揉足三里100次、运内劳宫100次。

③**方义**：补肺经、揉上马，增进饮食；推涌泉引热下行以退虚热。

烦躁不眠加清肝经、清心经、按揉百会；自汗盗汗加揉肾顶、补肾经。

（3）肺胃实热

①**治则**：清泻里热，理气消食。

②**处方**：清肺经300次、清胃经300次、清大肠300次、揉板门100次、运内八卦100次、清天河水300次、退六腑300次、揉天枢100次。

③**方义**：清肺经、清胃经、清肺胃两经实热，配清大肠经、揉天枢疏调肠府结滞以通便泻火；清天河水、退六腑清热除烦；揉板门、运内八卦理气消食。

【注意事项】

加强护理，慎衣食，适寒热，避风邪，防外感；饮食有节，以免损伤脾胃；病后注意营养，以免气血津液亏损；发热高且不退，可每日推拿2~3次；对于外感风寒发热者，可以选用大椎穴、肺俞穴拔罐1分钟。

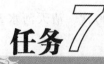

任务7 小儿常见病症之咳嗽

咳嗽是小儿常见的、多发的肺系病症，多种呼吸系统疾病如感冒、肺炎等都可引起咳嗽。本病一年四季皆可发生，尤以冬春季为多，本文述及的仅是指以咳嗽为主证的急、慢性支气管炎而言。

【病因病机】

（1）感咳嗽

肺为娇脏，司呼吸，开窍于鼻，外合皮毛，主一身之表，居脏腑之上，外感邪气，首当犯肺。当风寒或风热外侵，邪束肌表，肺气不宣，消肃失职，痰液滋生；或感受燥气，气道干燥，咽喉不利，肺津受灼，痰涎黏结，均可引起咳嗽。

（2）内伤咳嗽

多因平素体虚，或肺阴虚损，肺气上逆，或脾胃虚寒，健运失职，痰湿内生，上扰肺络，都可引起咳嗽。

【临床表现】

（1）外感咳嗽

咳嗽有痰，鼻塞，流涕，恶寒，头痛，苔薄，脉浮。若为风寒者兼见痰、涕清稀色白，恶寒重而无汗，苔薄白；若为风热者兼见痰、涕黄稠，稍怕冷而微汗出，口渴，咽痛，发热，苔薄黄，脉浮数。

（2）内伤咳嗽

久咳，身微热或干咳少痰，或咳嗽痰多，食欲不振，神疲乏力，形体消瘦。

【治疗】

（1）外感咳嗽

①**治则**：疏风散邪，宣肺止咳。

②**处方**：推攒竹 30 次、推坎宫 30 次、揉太阳穴 30 次、清肺经 300 次、运内八卦 100 次、推揉膻中穴 50 次、揉乳旁 50 次、揉乳根 50 次、揉肺俞 100 次、分推肩胛骨 100 次。

③**方义**：推攒竹、推坎宫、揉太阳穴疏风解表；推揉膻中、运内八卦宽胸理气，化痰止咳；清肺经、揉乳旁、揉乳根、揉肺俞、分推肩胛骨宣肺止咳化痰。

若风寒者加推三关、掐揉二扇门；风热者加清天河水；痰多喘咳，有干、湿性啰音加推小横纹，揉掌小横纹。

（2）内伤咳嗽

①**治则**：健脾养肺，止咳化痰。

②**处方**：补脾经 300 次、补肺经 300 次、运内八卦 200 次、推揉膻中 50 次、揉乳旁 50 次、揉乳根 50 次、揉中脘 100 次、揉肺俞 100 次、按揉足三里 100 次。

③**方义**：补脾经、补肺经健脾养肺；推揉膻中、运内八卦宽胸理气、化痰止咳；揉乳旁、揉乳根、揉肺俞宣肺止咳；揉中脘、按揉足三里健脾胃，助运化。

久咳体虚喘促加补肾经、推三关、捏脊；阴虚咳嗽加揉上马；痰吐不利加揉丰隆、揉天突。

【注意事项】

注意为患儿保暖，防止寒邪入侵；忌食辛辣、香燥、炙煿食物及肥甘厚味，防止内伤乳食；外邪未解之前，忌食油腻荤腥；咳嗽未愈，忌食过咸过酸食物。

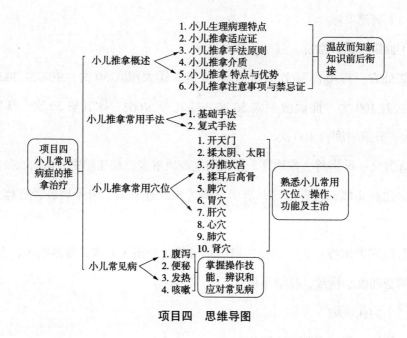

项目四　思维导图

目标检测四

一、单选题

1. 小儿推拿适应证有（　　）。

A. 以呼吸系统疾病、消化系统疾病、小儿保健为主

B. 以消化系统疾病、内分泌系统疾病、小儿保健为主

C. 以内分泌系统疾病、消化系统疾病、小儿保健为主

D. 以呼吸系统疾病、神经系统疾病、小儿保健为主

答案 A

2. 小儿推拿的速度以每分钟（　　）次为宜。

A.100～200　　　　　B.150～200　　　　　C.100～150　　　　　D.50～100

答案 B

3. 肾穴的部位在（　　）。

A. 无名指指面，由指根至指端　　　　B. 中指指面，由指根至指端

C. 食指指面，由指根至指端　　　　　D. 小指指面，由指端至指根

答案 D

4. 心穴的部位在（　　）。

A. 无名指指面，由指根至指端　　　　B. 中指指面，由指根至指端

C. 食指指面，由指根至指端　　　　　D. 小指指面，由指端至指根

答案 B

5. 寒温泻资料原则（　　）。

A. 消热利湿，调中止泻　　　　B. 温中散寒，化湿止泻

C. 消食导滞，和中止泻　　　　D. 健脾益气，温阳止泻

答案 B

二、简答题

1. 小儿生理病理有何特点？

2. 谈谈小儿五脏三不足两有余的表现有哪些。

3. 谈谈小儿便秘的辨证和临床表现。

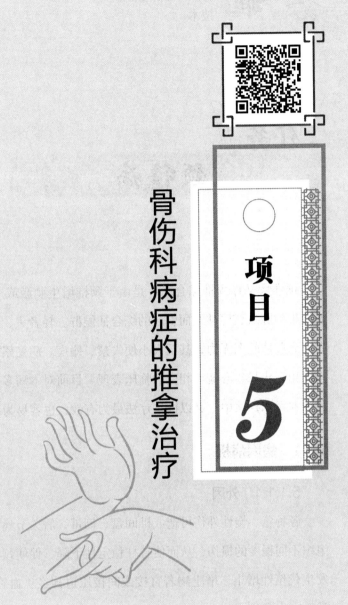

项目

5

骨伤科病症的推拿治疗

任务 1 颈椎病

颈椎病又称颈椎综合征，是由于颈椎增生刺激或压迫颈神经根、颈部脊髓、椎动脉或交感神经而引起的综合征候群。轻者头、颈、肩臂麻木疼痛，重者可致肢体软弱无力，甚至大小便失禁、瘫痪。病变累及椎动脉及交感神经时则可出现头晕、心慌等相应的临床表现。目前对本病多采用非手术疗法，而在各种非手术疗法中，又以推拿疗法最为有效，也容易为患者所接受。

5.1.1 病因病机

5.1.1.1 外因

各种急、慢性外伤可造成椎间盘、韧带、后关节囊等组织不同程度的损伤，从而使脊柱稳定性下降，促使颈椎发生代偿性增生，增生物若直接或间接压迫神经、血管，就会产生症状。

5.1.1.2 内因

椎间盘退变是本病普遍的内因。颈椎间盘一般从 30 岁后开始退变。椎间盘的退变从软骨板开始，软骨板逐渐骨化，其通透性逐渐降低，这样造成髓核逐渐脱水，以致纤维化，椎间盘厚度减小，椎间隙变窄，脊柱稳定性下降。因此使后关节松弛，关节腔减小，关节面易发生磨损而发生增生，同时钩椎关节面也因间隙变小而易发生磨损，造成关节突增生；由于前纵韧带、后纵韧带的松弛，使椎体稳定性下降，从而促使椎体发生代偿性增生；因椎间盘厚度下降，使椎间孔上下径变窄，各增生部位更易压迫神经、血管而产生症状。椎间盘的退化，伴随年龄增长而更为明显。从生物力学角度来看，第 5~6、第 6~7 颈椎受力最大，因此颈椎病的发生部位在这些节段较为多见。

5.1.2 临床表现

5.1.2.1 神经根型

病变在颈 5 以上者可见颈肩痛或颈枕痛及枕部感觉障碍等，在颈 5 以下者可见颈僵，活动受限，有一侧或两侧颈、肩、臂放射痛，并伴有手指麻木，肢冷，上肢发沉，无力、持物坠落等症状。

5.1.2.2 脊髓型

脊髓受压者，可出现上肢或下肢，一侧或两侧的麻木、疼软无力、颈颤臂抖，甚者可表现为不同程度的不完全痉挛性瘫痪，如活动不便、步态笨拙、走路不稳，以致卧床不起，甚至呼吸困难，四肢肌张力高，腱反射亢进，浅反射减弱或消失，出现病理反射等感觉或运动障碍。

5.1.2.3 椎动脉型

椎动脉型颈椎病可表现为颈肩痛或颈枕痛、头晕、恶心、呕吐、位置性眩晕、猝倒、持物坠落、耳鸣耳聋、视物不清等临床症状，上述诸症常因头部转动或侧弯到某一位置而诱发或加重。

5.1.2.4 交感神经型

由于交感神经受刺激而出现枕部痛、头沉、头晕或偏头痛、心慌、胸闷、肢凉、肤温低或手足发热、四肢酸胀等症状，一般无上肢放射痛或麻木感。个别病人也可出现听、视觉异常。

5.1.2.5 混合型

在临床上，最为常见的是同时存在两型或两型以上的各种症状，即为混合型颈椎病。

在临床检查中我们可以发现多数患者的颈椎生理前凸减少或消失，颈椎变直，后伸受限。神经根型患者颈后伸或向病侧弯曲时，上肢和手部出现放射性麻木和疼痛。臂丛试验阳性，压顶、叩顶试验阳性。血管试验（又称艾迪森氏试验）阳性。在相当于颈椎 4~5、5~6 或 6~7 平面，颈椎棘突病侧可找到明确的压痛点，并出现放射痛，对比两侧上肢，病侧二头肌、三头肌萎缩、肌力减退、病侧握力下降、桡骨膜反射及上肢其他腱反射减弱。受压神经支配区皮肤感觉减退。脊髓型患者可出现肌张力增高，腱反射亢进等，并可出现髌、踝阵挛和病理反射等锥体束征。

对颈椎病患者进行 X 线检查时，可以发现大多数患者在正位片上有椎间隙变窄、钩椎关节增生等病变；侧位片上可见到颈椎生理前凸消失、变直或轻度成角反张，椎体排列异常，椎体和关节突向前滑脱，受累椎间隙变窄，相邻两椎体的前缘或后缘有唇样增生，项韧带钙化等；斜位片上可见到唇形骨刺伸入椎间孔，椎间孔前后径变窄等。部分病例可见有小关节半脱位。此外约90% 的五十岁以上的正常人都有不同程度的颈椎椎体增生，这是正常的退变现象，如无典型的临床症状，一般不属颈椎病。因此 X 线片所反映的阳性改变必须结合临床检查才有诊断价值。

在临床诊断时，颈椎病必须与脊髓神经根肿瘤、脊髓空洞症、颈椎结核、类风湿性脊柱炎、原发或转移性肿瘤、前斜肌综合征、锁骨上窝肿瘤等病相鉴别，只有在排除上述病症后方能施行推拿疗法。

5.1.3 治疗

在明确诊断的基础上，用推拿疗法治疗颈椎病多可收到良好的疗效。但手法须轻柔和缓。如需用较大力量的手法时，亦须在纵轴牵引的情况下进行，绝不可粗暴猛烈而急骤地过度旋转或屈曲头颈部。临床上由于不适当的手法治疗而引起的医源性残疾虽然不多，但也偶有发生，因此必须引起临床工作者的高度重视。

用手法治疗本病的作用在于扩大椎间隙及椎间孔，使锥体滑脱复位，颈椎恢复正常的生理曲度，缓解对神经根的压迫，消除肿胀，分解粘连，解除肌肉和血管的塞挛，改善血液循环，增强局部的血液供应，促使病变组织的修复。临床上以牵引为主、按压为辅是治疗本病的指导思想。

治疗原则是舒筋活血、理筋整复。多采用滚、按、揉、拿、拔伸（或牵引）、拔伸旋转、拿搓、擦等手法。

①患者坐位，医者站于其侧后方，以扶持的一指禅推法于颈后部、项侧部往返施术，手法由轻渐重，约2分钟；以滚法于颈项部、肩部、上背部往返施术，手法由轻渐重，约2分钟；以指揉法或掌揉法于肩部、上背部往返施术，手法由轻渐重，约1分钟；以拿法于颈后部往返施术，手法由轻渐重，约1分钟，以上手法操作可交替施术。以扶持的一指禅推法于患侧上肢部往返施术，手法由轻渐重，约2分钟；以拿法于患侧上肢部往返施术，手法由轻渐重，约1分钟。

②医者站于患者侧后方，以点按、按揉或弹拨阿是、风池、风府、颈夹脊、肩井、肩外俞、肩中俞、天宗、肩髃、肩髎、臂臑、曲池、手三里、外关、合谷等穴，以局部出现酸麻胀痛等"得气"感为宜；医者站于患者患侧，于其颈项部施以颈项拔伸法2~3次，以患者能够耐受为宜，或患者坐位，施以颈椎吊带牵引，10~20分钟；医者站于患者身后，操作颈椎斜扳法，左右各一次。

③医者站于患者身后，拿肩井3~5次；医者站于患者患侧，搓患侧上肢1~2遍，抖患侧上肢1~2遍；医者站于患者身前，合擦颈后部，合擦侧项部，均以透热为度。

临床上治疗本病手法繁多，根据病情表现不同，各地医者可自行运用各种不同的手法。术后可配合内服补气血、祛风寒、活血通络的药物。垫枕不宜过高并嘱患者进行适当的颈部功能锻炼，如颈部前屈、后伸、左前伸、右前伸及环转等主动运动。其他疗法中，颈椎吊带牵引是一种十分有效的疗法，常可配合推拿同时应用（图5-1）。

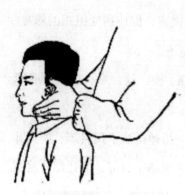

（a）颈部提端前屈法

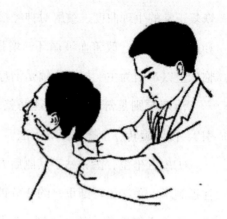

（b）颈部提端后伸法

图5-1　颈部提端法

5.1.4　注意事项

①推拿治疗颈椎病手法应轻柔和缓，切勿粗暴猛烈。

②椎动脉型颈椎病患者，不宜做后仰头转颈运动，以免加重眩晕。

③脊髓型颈椎病不宜使用骨关节类手法，病情严重者不建议推拿治疗。

④颈椎牵引重量从5公斤开始，逐渐加大，一般不超过30公斤，时间为15~30分钟；牵引的角度因病而异，一般以颈椎前倾位为宜，并可配合针灸、拔罐、理疗、针刀、中药内服等。

任务2 腰椎间盘突出症

腰椎间盘突出症又名"腰椎间盘纤维环破裂症"。椎间盘是椎体之间的连接部分，除第 1、2 颈椎间无椎间盘外，成人共有椎间盘 23 个。本症易发于 20~40 岁，少年儿童极少发病，典型的髓核突出症不发生于老年人。临床上以腰椎 4~5 和腰椎 5、骶椎 1 之间的椎间盘最易发生病变。

5.2.1 病因病机

5.2.1.1 外因

损伤和劳损：尤其是积累性损伤，是引起该病的重要因素。由于腰椎排列呈生理性前凸，椎间盘前厚后薄，人们在弯腰搬运重物时，受到体重、肌肉和韧带等张力的影响，髓核产生强大的反抗性张力，在此情况下，如腰部过度负重或扭伤，就很可能使髓核冲破纤维环而向侧后方突出，引起脊神经根、马尾或脊髓的刺激或压迫症状。椎间盘在弯腰活动或受压时则变形，此时，椎间盘吸水能力降低，直至压力解除后，变形和吸水能力方能恢复。若长期从事弯腰工作，或腰部积累性劳损，致髓核长期得不到正常充盈，纤维环的营养供应也长期不足，加之腰背肌肉张力增高，导致椎间盘内压力升高，故轻微的外力也可使纤维环破裂而致髓核突出。

寒冷刺激：长期受寒冷的刺激，使腰背肌肉、血管痉挛、收缩，影响局部

血液循环，进而影响椎间盘的营养供应。同时，由于肌肉的紧张痉挛，导致椎间盘内压力升高，特别是对于已变性的椎间盘，更可造成进一步的损害，致使髓核突出。

5.2.1.2　内因

解剖结构的因素：腰椎间盘纤维环后外侧较为薄弱，后纵韧带纵贯脊柱的全长，加强了纤维环的后面，但自第1腰椎平面以下，后纵韧带逐渐变窄，至第5腰椎和第1骶椎间，宽度只有原来的一半。腰骶部是承受动、静力最大的部分，故后纵韧带的变窄，造成了自然结构的弱点，使髓核易向后方两侧突出。

椎间盘的退变和发育上的缺陷：椎间盘随年龄的增长，可有不同程度的退变。至30岁以后，退变明显开始，由于负重和脊柱运动的机会增多，椎间盘经常受到来自各方面力的挤压、牵拉和扭转应力，因而容易使椎间盘发生脱水、纤维化、萎缩、弹力下降，致脊柱内外力学平衡失调，稳定性下降，最后由于外伤、劳损、受寒等外因导致纤维环由内向外破裂。这是本病发生的主要原因。

5.2.2　分期与分型

腰椎间盘突出症根据不同的分类方法有不同的分期和分型。根据髓核的病理阶段分为三期，根据髓核突出的病理形态分为四型，根据髓核突出的部位和方向分为五型。

（1）腰椎间盘突出症的分期

根据髓核的病理阶段分为三期。

①**突出前期：**髓核因退变或损伤可变成碎块状物或瘢痕样的结缔组织，变形的纤维环可因反复的损伤而变薄、变软或产生裂隙。此期病人有腰痛或腰部不适。

②**突出期**：当椎间盘压力增高时，髓核从纤维环薄弱处或裂隙处突出。突出物压迫或刺激神经根而产生放射性下肢痛。压迫马尾神经时可出现大小便障碍。

③**突出晚期**：腰椎间盘突出后病程较长时，椎间盘本身和邻近结缔组织发生一系列继发性病理改变，如椎间盘突出物钙化；椎间隙变窄，椎体边缘骨质增生；神经根损害变性；继发性黄韧带肥厚；关节突间关节增生；继发性椎管狭窄。

（2）腰椎间盘突出症的分型

①根据髓核突出的病理形态分为四型。

隆起型——纤维环部分破裂，表层完整。退变的髓核在椎间盘向纤维环薄弱处突出，一般椎间隙未变狭窄与周围韧带组织粘连少。

突出型——纤维环完全破裂，退变和破碎的髓核从裂口处突出至后韧带下，突出的髓核表面并不光滑，有时如菜花状，椎间隙变狭窄与周围组织粘连。

脱出型——纤维环完全破裂，退变和破碎的髓核从纤维环的裂口脱出，并穿过后纵韧带抵达硬膜外间隙。突出物不规则，呈菜花样或碎片状。

游离型——纤维环完全破裂，髓核碎块经纤维环破口脱出，穿过后纵韧带，游离于椎管内。游离的髓核碎块可远至上一个或下一个椎间隙平面，甚至位于硬膜背侧。

②根据髓核突出的方向和部位分为五型。

目前临床上根据髓核突出的方向和部位分为前方突出、后方突出、侧方突出、四周突出、椎体内突出，以后方突出多见。后方突出又分为旁侧型和中央型。

旁侧型：髓核突出后位于椎管后侧，突出物压迫神经根，引起下肢根性放射痛。根据突出物的顶点与神经根的关系，旁侧型又分为根肩型、根腋型、根前型。

中央型：髓核从椎间盘的后方中央突出，通过硬脊囊压迫神经根和马尾神经而引起神经根或马尾经的损害。根据髓核的位置，中央型又分为偏中央型和中央型。

椎间盘突出症的分期和分型有助于临床上对不同病情的腰椎间盘突出症患者选择相应的治疗康复方法，进行有针对性的治疗，保证较好的康复效果。

5.2.3　临床表现

（1）腰部疼痛

多数患者有数周或数月的腰痛史，或有反复腰痛发作史。腰痛程度轻重不一，严重者可影响翻身和坐立。一般休息后症状减轻，咳嗽、喷嚏或大便时用力，均可使疼痛加剧。

（2）下肢放射痛

凡腰4至腰5、腰5至骶1椎间盘突出者，一侧下肢坐骨神经区域放射痛，是本病的主要症状，常在腰痛消失或减轻时出现。疼痛由臀部开始，逐渐放射至大腿后侧、小腿外侧，有的可发展到足背外侧、足跟或足掌，影响站立和行走。如果突出部在中央，则有马尾神经症状；双侧突出则可能放射为双侧性或交替性。

若L1~L2或L3~L4椎间盘突出者，则一侧下肢可出现股神经和闭孔神经放射性疼痛感觉。

（3）腰部活动障碍

腰部活动在各方面均受影响，尤以后伸障碍更明显，少数患者在前屈时明显受限。

（4）脊柱侧弯

多数患者有不同程度的腰脊柱侧弯。侧凸的方向可以表明突出物的位置和神经根的关系。突出位于神经根的腋部，即神经根与马尾成角处，脊柱为了使神经根躲开突出物，弯凸向健侧；反之，若突出物位于神经根的上方，则脊柱凸向患侧，以避开突出物对神经根的压迫。

较外侧的突出，可以压迫由同一平面所发出的神经根；但较内侧的突出，则可累及由下 1~2 椎节所发出的神经根。例如：L5 至 S1 椎间盘的外侧突出可以累及 L5 神经根；较内侧的突出，则可累及 S1 神经根；而一个后外侧的较大突出，则可使 L5 和 S1 两条神经根皆受累。

（5）主观麻木感

病程较久者，常有主观麻木感。多局限于小腿后外侧、足背、足跟或足掌。中央型髓核突出可发生鞍区麻痹。

（6）患肢温度下降

不少患者患肢感觉发凉，客观检查，患肢温度较健侧降低，有的足背动脉搏动亦较弱，此乃由于交感神经受刺激所致。须与栓塞性动脉炎相鉴别。

5.2.4　治疗

治疗原则：舒筋活血、理筋整复、通经止痛。

治疗方法：

①患者俯卧于治疗床上，医者站于其患侧，以㨰法于患侧腰部、臀部、下肢部，往返施术，手法由轻渐重，约 2 分钟；以揉法于患侧腰部、臀部、下肢部，往返施术，手法由轻渐重，约 2 分钟；以膊运法于患侧腰部、臀部，往返施术，手法由轻渐重，约 2 分钟；以拿法于患侧下肢后侧，往返施术，手法由轻渐重，约2 分钟，以上手法操作，可交替施术。通过以上操作可以解除腰臀部痉挛，促使局部气血循行加快，从而加速突出髓核中水分的吸收，减轻其对神经根的压迫，为下一步治疗创造条件。

②一助手双手虎口于患者腋下，向其头侧方向上推，医者站于床尾，双手分别握持患者左右脚踝处，施以与助手反方向力，拔伸患者腰椎，反复2~3次，或患者卧于牵引床上，腰椎、骨盆牵引10~20分钟，依据患者病情可间歇牵引，也可持续牵引，亦可间歇牵引与持续牵引结合，以上拔伸或牵引操作可以拉宽椎间隙，从而降低椎间盘内压力，甚至出现负压，使突出物回纳，同时可扩大椎间孔和神经根管，减轻突出物对神经根的压迫；医者站于患者患侧，双手有节奏地按压腰部，使腰部震动；医者站于患者患侧，用双下肢后伸扳法，使腰部过伸，按压腰部和下肢后伸扳法可以增加椎间盘的外压力，促使突出物回纳，或改变突出物与神经根的位置；患者先健侧侧卧位，医者站于其身前，施以侧卧位腰椎斜扳法，而后患者仰卧位，医者站于其患侧，强制抬高患者下肢，以患者能够耐受为宜，腰部斜扳可以调整后关节紊乱，从而相对扩大神经根管和椎间孔，改变突出物与神经根的位置，仰卧位强制抬高患者下肢，可以牵拉坐骨神经和腘神经，松解粘连；患者俯卧位，医者站于患者患侧，点按、按揉或弹拨阿是、肾俞、大肠俞、关元俞、环跳、城府、委中、阳陵泉、丘墟等腧穴，局部出现酸麻胀痛等"得气"感为宜。

③患者俯卧，医者站于患者患侧，拿患者下后侧肌群，3~5遍；医者站于患者患侧，横擦病变部位椎间盘，以透热为度，局部有灼热感为宜，直擦患侧腰部，透热为度，直擦时，可单手操作也可双手操作。

5.2.5 注意事项

①治疗期间病人要卧硬板床休息，注意腰部保暖。
②腰椎间盘突出中央型不宜进行推拿治疗。
③推拿治疗前要排除腰椎骨质病变。

任务3 肩关节周围炎

肩周炎是指肩关节及其周围的肌腱、韧带、腱鞘、滑囊等软组织的退行性变和急、慢性损伤，加之感受风寒湿邪致局部产生无菌性炎症，从而引起肩部的疼痛和功能障碍为主症的一种疾病，本病又名"五十肩""冻结肩""漏肩风""肩痹"等。本病体力劳动者多见，女性略多于男性。

5.3.1 病因病机

一般认为本病的发生与气血不足、外感风寒湿邪及外伤劳损有关。

①气血不足、年老体虚或因劳累过度而导致肝肾精亏，气血不足，筋失所养，血虚生痛。久之，则筋脉拘急而不用。

②外感风寒湿邪，久居湿地，风寒露宿，夜寐露肩当风，以致风寒湿邪客于血脉筋肉。在脉则血凝而不流，脉络拘急而疼痛。寒湿之邪淫溢于筋肉则屈而不伸，痿而不用。

③外伤筋骨跌扑闪挫，筋脉受损，瘀血内阻，脉络不通，不通则痛。久之，筋脉失养，拘急不用。肩部活动范围大，肩部肌腱，韧带经常受到上肢重力和肩关节大范围活动的牵拉，较易劳损而发生变性。因此本病往往在肱二头肌肌腱炎，肩峰下滑囊炎，冈上肌肌腱炎等软组织劳损性、炎性病变或外伤、受寒的基础上发病。上述诸因素所造成的韧带、肌腱、关节囊的充血水肿、渗

出、增厚等炎性改变如得不到有效的治疗，久之则发生粘连，腱袖钙化。同时患肩的保护性的活动限制或长期固定，促进了粘连的形成，最终导致肩关节活动功能丧失。

5.3.2　临床表现

本症的临床表现主要是两个方面的症状即肩痛与肩关节功能活动受限。

①肩痛早期呈阵发性疼痛，常因天气变化及劳累而诱发，以后逐渐发展到持续性疼痛，并逐渐加重，昼轻夜重，夜不能寐，不能向患侧侧卧。肩部受到牵拉时，可引起剧烈疼痛。此外在肩关节周围有广泛的压痛，并可向颈部及肘部放射。

②功能活动受限，由于关节囊及肌肉的粘连，长期废用而引起的肌力降低，且喙肱韧带固定于缩短的内旋位等因素，可使肩关节各向的主动和被动活动均受限。特别是当肩关节外展时，出现典型的"扛肩"现象。梳头，穿衣服等动作均难以完成。严重时，肘关节功能亦受限，屈肘时手不能摸肩。日久，三角肌等可以发生不同程度的萎缩，出现肩峰突起，上臂上举不便、后伸欠利等症状。

5.3.3　治疗

治疗原则：对初期疼痛较敏感者疏通经络，活血止痛；对后期粘连患者松解粘连，滑利关节，促进关节功能恢复。

治疗方法：

①患者坐位或仰卧位，医者站于其患侧，以扶持的一指禅推法于患侧肩前、上臂内侧，往返施术，手法由轻渐重，约2分钟；以滚法于患侧肩前、上臂内侧部，往返施术，手法由轻渐重，约2分钟；以拿法于患侧上臂内侧部，往返施术，手法由轻渐重，约1分钟，以上手法可交替施术，同时配合患侧肩

关节外展、外旋活动；患者坐位，医者站于其患侧，以扶持的一指禅推法于患侧肩后、上臂外侧，往返施术，手法由轻渐重，约 2 分钟；以㨰法于患侧肩后、上臂外侧部，往返施术，手法由轻渐重，约 2 分钟；以拿法于患侧上臂外侧部，往返施术，手法由轻渐重，约 1 分钟，以上手法可交替施术，同时配合患侧肩关节内展、内旋活动。

②患者坐位，医者站于其患侧，点按、按揉或弹拨阿是、肩井、肩髃、肩贞、秉风、天宗、曲池、合谷等腧穴，局部出现酸麻胀痛等"得气"感为宜。患者坐位，医者站于其患侧，做肩关节各方向扳法 2~3 次；肩关节摇法，具体摇法的选用和摇动幅度要根据患者患肩功能障碍的程度，幅度由小到大，逐渐增加，摇动的幅度和次数均以患者能够耐受为度；患者体后拉手两次，提拉幅度和持续时间均以患者能够忍耐为度；医者双手握住患肢腕部稍上方，将患肢提起，用提抖的方法斜向上牵拉 3~5 次，以患者能够耐受为度。

③患者坐位，医者站于其患侧，搓患肩及上肢部 3~5 次，抖患侧上肢 1~2 遍，掌推患者肩部 1~2 遍，直擦患处，以透热为度，局部灼热。

5.3.4 注意事项

①早期手法宜轻柔和缓，后期须配合骨关节类手法。

②处理关节功能障碍时，既要考虑主动肌的作用，又要考虑拮抗肌的因素。

③骨关节类手法的操作以患者能够耐受为度，同时要顾及冠心病、高血压病等基础性病变。

④可配合针灸、针刀、局部封闭、热敷、理疗等综合治疗，功能障碍明显者，必要时配合臂丛神经麻醉下肩关节松解术。

任务4
桡骨茎突狭窄性腱鞘炎

桡骨茎突狭窄性腱鞘炎是指因腕及拇指经常用力过度或劳损，而致拇长展肌腱与拇短伸肌腱在桡骨茎突部腱鞘因机械性摩擦而引起的慢性无菌性炎症，出现桡骨茎突处肿胀、疼痛、活动受限为特点的病症。

狭窄性腱鞘炎在手腕、手指、踝、趾等部位均可发生，但以桡骨茎突部最为多见。本病多发于腕部频繁活动者，女性发病率较男性高，男女之比约为1∶6。本病属中医"筋痹"或"筋凝症"范畴。

5.4.1 病因病机

5.4.1.1 慢性劳损

在日常生活与生产劳动中，腕部及拇指的频繁活动引起拇长展肌腱和拇短伸肌腱在纤维性鞘管中的过度摩擦是导致本病的主要原因。桡骨茎突表面的纤维性鞘管的伸展空间有限，拇指内收和腕关节过度尺偏动作使肌腱走行方向发生角度改变，引起肌腱、腱鞘的损伤性炎症。

5.4.1.2 寒湿侵袭

在寒湿等外因刺激下，肌肉痉挛，增加了肌腱的张力，肌腱与腱鞘间机械性摩擦力增强，早期发生充血、水肿、渗出等无菌性炎症反应，腱鞘因水肿受挤压而变细，两端增粗形成葫芦状，以致肌腱从腱鞘内通过变得困难，影响拇指的功能活动，可产生交锁现象。迁延日久则发生慢性结缔组织增生、肥厚、粘连等变化。由于腱鞘的增厚致使腱鞘狭窄，腱鞘与肌腱间亦可发生不同程度的粘连，活动障碍更为明显。

中医认为，因拇指频繁屈伸，或因积劳损伤，或因挫伤其筋，致使手阳明经筋受损，肌筋挛急，气滞血瘀，津液涩竭，久则黏结为病。

5.4.2 临床表现

5.4.2.1 症状

一般无明显外伤史，但有慢性劳损或受寒史。起病缓慢，早期仅感局部酸痛，腕部无力。腕背桡骨茎突及拇指掌指关节部疼痛，初起较轻，逐渐加重，可放散到肘部及拇指，严重时局部有酸胀感或烧灼感，遇寒冷刺激或拇指活动时疼痛加剧。拇指活动无力，伸拇指或外展拇指活动受限，常突然处于某一位置不能活动，日久可引起大鱼际萎缩。

5.4.2.2 体征

①肿胀梯骨茎突处轻度肿胀，可触及条索状筋结，质似软骨状。

②压痛楼骨茎突部有明显压痛。

③摩擦感拇指做外展、背伸时，可触及桡骨茎突处有摩擦感或摩擦音，功能障碍常固定在拇指活动到某一位置时，待肌腱有摩擦跳动后则又能活动。

5.4.3 治疗

治疗原则：舒筋活血，消肿止痛，松解粘连。

治疗方法：

①患者坐位或仰卧位。患腕下垫软枕，小鱼际置于枕上，医者先于前臂桡侧伸肌群施一指禅推法往返操作；然后点按手三里、偏历、阳溪、列缺、合谷等穴，时间约5分钟，以舒筋活血。

②医者用轻快柔和的弹拨法沿前臂拇长展肌与拇短伸肌到第1掌骨背侧，做上下往返治疗；然后，医者以一手握住患腕，另一手握其拇指做拔伸法，同时配合做拇指的外展、内收活动，缓缓摇动腕关节，时间约5分钟，以消肿止痛。

③以右侧为例，医者以右手食指、中指夹持患者拇指近侧节，用拇指及食指持握其他四指向下牵引，以理顺肌筋，扩张筋隙；在右手的持续牵引下，医者将患腕向尺侧极度偏屈，左手拇指压于桡骨茎突处的拇短伸肌与拇长展肌的腱鞘，拇指用力向掌侧推按挤压，手腕同时向掌侧屈曲，继而背伸。随后拇指在原处轻轻揉按，时间约3分钟，以松解粘连，散结止痛。

④医者以桡骨茎突为中心涂上介质，施掌擦法，以透热为度；然后患者屈肘45°，医者自拇指根沿桡骨茎突向前臂施掌推法，以利渗出液吸收。

5.4.4　注意事项

①本病以桡骨茎突处肿胀、疼痛、活动受限为诊断要点。

②推拿治疗手法应柔和，避免刺激量过大；注意局部保暖，可配合热敷及外敷膏药，避免寒冷刺激；后期应鼓励患者加强主动功能锻炼，可防止肌腱和腱鞘粘连。

③对有茎突腱鞘粘连而推拿效果欠佳者，可用针刀松解。

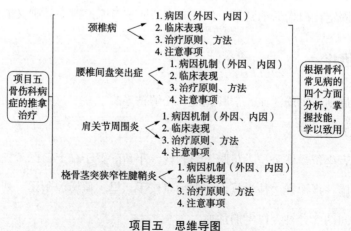

项目五　思维导图

目标检测五

一、单选题

1. 颈椎病的内因是（　　）。
A. 椎间盘退变　B. 各种急、慢性外伤　C. 直接或间接压迫神经　D. 直接或间接压迫血管

答案 A

2. 可出现上肢或下肢，一侧或两侧的麻木、疼软无力、颈颤臂抖，甚者可表现为不同程度的不完全痉挛性瘫痪的类型为（　　）。
A. 神经根型　　　　　B. 脊髓型　　　　　C. 交感神经型　　　　　D. 混合型

答案 B

3. 表现为颈肩痛或颈枕痛、头晕、恶心、呕吐、位置性眩晕、猝倒、持物落地、耳鸣耳聋、视物不清等临床症状，上述诸症常因头部转动或侧弯到某一位置而诱发或加重的类型为（　　）。
A. 神经根型　　　　　B. 脊髓型　　　　　C. 交感神经型　　　　　D. 椎动脉型

答案 D

4. 可见颈僵，活动受限，有一侧或两侧颈、肩、臂放射痛，并伴有手指麻木，肢冷，上肢发沉，无力、持物坠落等症状的类型为（　　）。
A. 神经根型　　　　　B. 脊髓型　　　　　C. 交感神经型　　　　　D. 椎动脉型

答案 A

5. 腰椎间盘突出症根据髓核突出的病理形态分为（　　）型。
A. 三　　　　　B. 五　　　　　C. 六　　　　　D. 四

答案 D

二、简答题

1. 结合颈椎病的病因，谈谈颈椎病的预防措施有哪些。
2. 结合腰椎间盘突出症的特点，说一说治疗期间的注意事项有哪些？

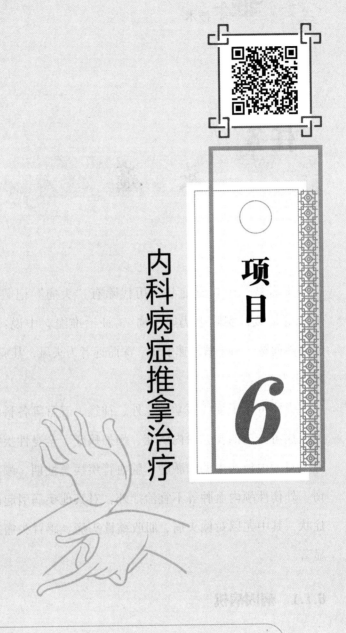

项目 6

内科病症推拿治疗

头痛是一个自觉症状，历代除有"头痛"记载外，还有"头风""脑风"等记载，实际上仍属头痛。《证治准绳》中说："浅而近者名头痛，其痛卒然而至，易于解散速安也。深而远者为头风，其痛作止不常，愈后遇触复发也。"

头痛可见于现代医学内、外、神经、五官等各科疾病中，综合引起头痛的疾病可分为四类：颅内病变、颅外病变、全身性疾病、神经官能症。推拿除了对颅内疾病中的脑脓肿、脑血管疾病急性期、颅内占位性疾病、脑挫裂伤、外伤性颅内血肿等不宜治疗外，对其他疾病引起的头痛，一般均能缓解症状，其中尤以对偏头痛、肌收缩性头痛、感冒头痛及高血压头痛疗效更为显著。

6.1.1　病因病机

头为诸阳之会，又为散海之所在，其正常的生理活动要求是经络通畅，气血供应正常，使髓海得以滋养。

由于下述原因，引起生理活动失常，则发生病变，出现头痛。

6.1.1.1　外感风寒之邪

外感风寒，则寒凝血积，经络阻滞而致头痛。外伤跌扑、气血瘀滞、不通则痛，易致头痛。这两种原因引起的头痛，其基本机理均为经络不畅，气血凝滞。

6.1.1.2 外感风热之情志内伤

外感风热，则风热上扰，气血逆乱而致头痛。情志内伤，肝阳上亢，则肝失条达，郁而化火而出现头痛。这两种原因引起的头痛，其基本机理为气血逆乱。

6.1.1.3 外感暑湿之邪

外感暑湿，则湿邪弥漫，蒙蔽清阳，清阳不升，浊阻不降而致头痛。中焦阻塞，则因脾失健运，痰浊内生，阻遏清阳，清不升、浊不降而出现头痛。这两种原因引起的头痛，其基本机理为清阳不升，浊阴不降，升降失司之故。

6.1.1.4 血虚及肾亏

血虚可因失血或饮食失调，劳伤过度，脾胃虚弱，气血生化之源不足而引起，气虚血少不能滋养脑髓而头痛。同时因为血虚多可发生血不养肝，肝阳上亢的变化。因于肾者，多由禀赋不足，肾精久亏，脑髓空虚而致头痛，亦可阴损及阳，肾阳衰微，清阳不展而为头痛。

从上述头痛的病因病机可看到，引起头痛的病因可归纳为外感和内伤两类。外感中有风寒头痛、风热头痛、暑湿头痛；内伤中有肝阳头痛、痰浊头痛、血虚头痛、肾亏头痛和淤血头痛。

临床上外感头痛以风寒为多见，内伤头痛以肝阳为多见。

6.1.2 临床表现

6.1.2.1 外感

①风寒头痛：多发于吹风受寒之后引起头痛，有时痛连项背，恶风寒，喜裹头，口不渴，舌苔白，脉浮或紧。

②风热头痛：头胀痛甚则如强裂，恶风发热，面红目赤，口渴欲饮，咽红

肿痛，尿黄便秘，苔薄黄或舌尖红，脉浮数。

③暑湿头痛：头痛如裹，脘闷纳呆，肢体倦怠，身热汗出，心烦口渴，苔腻，脉濡数。

6.1.2.2　内伤

①肝阳头痛：头痛眩晕，心烦易怒，睡眠不安，面红口干，苔薄黄或舌红少苔，脉弦或脉细数。

②痰浊头痛：头痛头胀，胸膈支满，纳呆倦怠，口吐涎沫，恶心，苔白腻，脉滑。

③血虚头痛：头痛头晕，神疲乏力，面色少华，心悸气短，舌淡，脉细无力或涩。

④肾亏头痛：头脑空痛，耳鸣目眩，腰酸腿软，遗精带下。阳虚者四肢厥冷，舌淡胖，脉沉细无力；阴虚者口干少津，舌质红，脉细数。

⑤淤血头痛：头痛时作，经久不愈，痛处固定，痛如锥刺，舌有瘀斑，脉涩。

6.1.3　治疗

本病治则为通经络，活气血。若风寒头痛者治以祛风散寒；风热头痛者治以解表清热；暑湿头痛者宜消热利湿；肝阳头痛者治以平肝潜阳；痰浊头痛者当健脾化湿；血虚头痛者须健脾以助生化；肾阳衰微而致头痛者当配合温肾壮阳之结；肾阴亏损头痛者须养阴补肾；淤血头痛者治以活血祛淤。

（1）基本治法

①颈项部操作

A.取穴：风池、风府、天柱及颈部两侧膀胱经。

B.手法：一指禅推法、拿法、按法。

C.操作：患者坐势。用一指禅推法沿颈部两侧膀胱经上下往返治疗 3~4

分钟，然后按风池、风府、天柱等穴。再拿两侧风池，沿颈部两侧膀胱经自上而下操作 4~5 遍。

②头面部操作

A. 取穴：印堂、头维、太阳、鱼腰、百会等穴及前额部。

B. 手法：一指禅推法、揉法、按法、拿法。

C. 操作：患者坐势。用一指禅推法从印堂开始，向上沿前额发际至头维、太阳、往返 3~4 次，配合按印堂、鱼腰、百会等穴，然后用五指拿法从头顶拿至风池，改用三指拿法，沿膀胱经拿至大椎两侧，往返 4~5 次。

（2）辨证加减

①风寒头痛

A. 用㨰法在项背部治疗 2~3 分钟，配合按、揉肺俞、风门，再拿两侧肩井。

B. 直擦背部两侧膀胱经，以透热为度。

②风热头痛

A. 按、揉大椎、肺俞、风门等穴各 1 分钟，再拿两侧肩井。

B. 按、拿两侧曲池、合谷，以酸胀为度。

C. 拍击背部两侧膀胱经，以皮肤微红为度。

③暑湿头痛

A. 按、揉大椎、曲池，配合拿肩井、合谷。

B. 拍击背部两侧膀胱经，以皮肤微红为度。

C. 提捏印堂及项部皮肤，以皮肤透红为度。

④肝阳头痛

A. 推桥弓，自上而下，每侧各 20 余次，两侧交替进行。

B. 用扫散法在头侧胆经循行部自前上方向后下方操作，两侧交替进行，各数十次，配合按角孙穴。

C. 按、揉两侧太冲、行间，以酸胀为度，再擦两侧涌泉，以透热为度。

⑤痰浊头痛

A.用一指禅推法及摩法在腹部治疗，重点在中脘、天枢穴，时间 6~8 分钟。

B.按、揉脾俞、胃俞、大肠俞，然后在左侧背部横擦，以透热为度。

C.按、揉两侧足三里、丰隆、内关。

⑥血虚头痛

A.摩腹 6~8 分钟，以中脘、气海、关元为重点。

B.摩擦左侧背部及直擦背部督脉，以透热为度。

C.按、揉两侧心俞、肾俞、足三里、三阴交，以微微酸胀为度。

⑦肾虚头痛：肾阳不足者

A.摩腹 6~8 分钟，以气海、关元为重点。

B.横擦背部督脉：横按腰部肾俞、命门及腰骶部，均以透热为度。

肾阴不足，阴虚火旺者，同肝阳头痛治疗。

⑧淤血头痛

A.按、揉、抹太阳、攒竹穴及前额，头侧胆经循行部位。

B.擦前额及两侧太阳穴部位，以透热为度。

6.1.4　注意事项

引起头痛的原因较为复杂，推拿虽对缓解头痛症状有较好的疗效，但治疗时必须审证求因，按治病必求其本的原则辨证论治。

高血压病是一种常见的慢性疾病，又称"原发性高血压病"，以动脉血压持续性增高为其主要临床表现。晚期可导致心、肾、脑等器官病变。本病发病率颇高，与年龄、职业、家族史有一定关系。

高血压也可作为某种疾病的一种症状，如泌尿系统疾病、心血管疾病、内分泌疾病、颅内疾病等发生的高血压称为"症状性高血压"，也称"继发性高血压"。根据本病的临床主要症候，病程的转归以及并发症，可归属于祖国医学的"头痛""肝阳""眩晕""中风"等范畴。早在《内经》中就有这样的记载："诸风掉眩，皆属于肝"，"肾虚头重高摇，髓海不足则脑转耳鸣"，认为本病的眩晕与肝、肾有关;《千金翼方》指出："肝厥头痛，肝火厥逆，上亢头脑也"，"其痛必至巅顶，以肝之脉与督脉会于巅故也……肝厥头痛必多目眩晕"，说明头痛、眩晕是肝火厥逆所致，这些说明了祖国医学对本病早有一定认识，为治疗与研究高血压病提供了重要的文献。

6.2.1　病因病机

本病的病因病机至今尚未完全查明，但是一般认为与高级神经活动障碍有密切关系。由于外界所引起的某些强烈的、反复的、长期的刺激，精神过度紧张，以致大脑皮层功能紊乱，失去了对皮层下血管调节中枢的正常调节作用，

在血管调节中枢形成固定兴奋灶，以交感神经中枢兴奋占优势，从而导致广泛的细小动脉痉挛，周围血管阻力增高，致使血压升高。这种现象开始只是暂时的加压反应，以后这种反应愈来愈经常和强烈，很小的刺激即可引起剧烈而持久的反应，交感神经长期兴奋，细小动脉长时间的痉挛，血管阻力持续增高，血压也就持续在高水平。

由于广泛的细小动脉痉挛，又可引起内脏缺血，在肾脏缺血时，肾素分泌增多。经转化酶的作用，形成血管紧张素Ⅱ，这样更促使全身细小动脉痉挛，从而更固定了已升高的血压，同时血管紧张素Ⅱ能刺激肾上腺皮质，使醛固酮的分泌增加和钠盐潴留，从而进一步升高血压。此外肾细小动脉痉挛，可使肾细小动脉发生硬化，肾脏缺血加重，增高血压更为恒定。因长期、强烈的刺激或长期的精神紧张，使大脑皮层活动功能紊乱，从而提高了下丘脑植物性神经中枢兴奋性，通过脑垂体使肾上腺皮质激素分泌增多，在摄入大量钠盐的条件下，可使血管系统对各种加压物质的敏感性增高，从而加速小动脉的硬化，使血压升高。祖国医学认为本病的发病原因，可由精神因素、饮食失节和内伤虚损等引起。

6.2.1.1　精神因素

如长期精神紧张或恼怒忧思，可使肝气内郁，郁久化火，耗损肝阴，阴不敛阳，肝阳上亢而致血压升高。

6.2.1.2　饮食不节

过度食甘肥或饮酒，以致湿浊内生，久而化热，灼津成痰，痰浊阻塞脉络，上扰清阳，也能发为本病。

6.2.1.3　内伤虚损

如劳伤过度或年老肾亏者，由于肾阴不足，肝失所养，肝阳偏亢，内风易动。

6.2.2 临床表现

高血压病的临床表现，轻重程度相差很大，某些病人可无自觉症状，常在体检时候突然被发现有高血压。一般症状有眩晕、头痛、面红、目赤、口苦、惊悸、便秘、舌红、脉弦。本病根据病程进展快慢可分为缓进型和急进型两类。临床上以缓进型多见。

6.2.2.1 缓进型

①早期主要有头痛、头昏、失眠、记忆力减退、注意力不集中、烦闷、乏力、心悸等。症状轻重与血压增高的程度未必成正比。

②后期主要决定于心、脑、肾的病变情况。

6.2.2.2 急进型

①可有数年缓进型后突然迅速发展，或一开始即发展迅速。

②多见于 40 岁以下的青年和中年人，血压显著升高，舒张压持续在 130~140mmHg，症状明显。

③数月或 1~2 年内出现肾、心脏病变。

④本型极易出现脑出血、心力衰竭、肾功能急剧减退。

6.2.3 治疗

本病治疗原则为平肝安神，化痰降浊。

①**头面颈部操作**：患者取坐位，医者立于患者身前，自上而下用推法推桥弓，先推左侧，后推右侧，每侧约 1 分钟；用一指禅推法，从印堂直线向上到发际，往返 4~5 次，再从印堂沿眉弓至太阳穴，往返 4~5 次，然后以印堂到一侧睛明，绕眼眶治疗，两侧交替进行，每侧 3~4 次，时间约 4 分钟；用揉法在额部治疗，从一侧太阳穴至另一侧太阳穴，往返 3~4 次，再用扫散法在头侧胆经循行部位，自前上方向后下方治疗，每侧 20~30 次，然后用抹法在前

额及面部治疗，配合按角孙、睛明、太阳，时间约 3 分钟；在头顶部用五指拿法，至颈项部改用三指拿法，沿颈椎两侧拿至大椎两侧，重复 3~4 次，配合按拿百会、风池；用一指禅推法，以风府沿颈椎向下到大椎往返治疗，再在颈椎两侧膀胱经用一指禅推法往返治疗，时间约 4 分钟，最后回至面部用分法自前额至迎香往返操作 2~3 次。

②腹部操作：患者取仰卧位，医者坐于其右侧，用摩法在患者腹部治疗，摩法按顺时针方向操作，腹部移动也按顺时针方向进行，在摩腹过程中配合揉关元、气海、神阙、中脘、大横等穴位，时间约 10 分钟。

③腰部及足底操作：横擦腰部肾俞、命门一线，以透热为度；直擦足底涌泉穴，以透热为度。

6.2.4　注意事项

①生活要有规律，不能过度疲劳，但要在医生指导下进行适当的体育锻炼，忌食油腻、烈酒。

②避免精神刺激，保持愉快的精神和良好的情绪。

③推拿适宜于缓进型高血压，急进型高血压则可做配合治疗。

任务 3　泄　泻

泄泻又称腹泻，是指排便次数增多，粪便稀薄，甚至泄出如水样而言。本症在《内经》中有"濡泻""洞泻"等名称。汉唐时代称为"下利",宋代以后统称"泄泻"。亦有根据病因或病机而称为"暑泻""大肠泻"等,名称虽多,但都未离开"泄泻"两字。

6.3.1　病因病机

泄泻的主要病变在于脾胃与大小肠。其致病原因可分为外因和内因两类。外因中包括感受外邪和饮食所伤;内因中包括情志失调和脾胃阳虚。

6.3.1.1　外因

①感受外邪。外邪引起的泄泻,以寒、湿、暑、热邪伤及脾胃为常见,其中尤以湿邪兼夹寒、暑、热邪为多见。由于脾喜燥恶湿,外来湿邪最易困阻脾阳,致脾失健运,脾胃升降失司,清浊不分,水食相夹并走大肠而成泄泻。故有"无湿不成泻"之说。

②饮食所伤。饮食不节或过食肥甘,致使宿食内停,窒碍肠胃,影响脾胃之运化;多食生冷,误食不洁之物,则损伤脾胃,致使水谷精微不能输布。因此造成水湿内停,变生污浊而排泻。

6.3.1.2　内因

①情志失调。素体脾胃虚弱,复因情志影响,忧思恼怒,忧思则伤脾,致使脾胃气机失调;恼怒伤感,肝气郁结,横逆犯脾,脾伤则运化失常,而成泄泻。

②脾肾阳虚。脾主运化,全赖阳气之推动,若脾阳不振,则运化功能减退,不能腐熟水谷运化精微,以致水谷停滞,并入大肠,而成泄泻;泄泻日久不愈,损伤肾阳,即所谓"由脾及肾"。肾阳受损又可影响脾阳之不足,导致脾肾阳虚,则泄泻缠绵不止。

6.3.2 临床表现

根据病因可知湿盛和脾虚为形成泄泻的主因，而两者又相互影响，互为因果。一般说来，湿盛多为急性泄泻，脾虚多为慢性泄泻。

6.3.2.1 急性泄泻

①湿邪侵袭：发病急骤，大便溏稀或夹黏液，每日数次或十余次，腹痛肠鸣，肢体酸痛，苔白腻或黄腻，脉濡或滑数。

②伤食：有暴饮暴食或不洁的饮食史。发病突然，脘腹胀痛，泻下粪便臭如败卵，泻后则痛减，嗳腐吞酸，舌苔厚腻，脉滑数。

6.3.2.2 慢性泄泻

①脾胃虚弱：大便时溏时泄，完谷不化，反复发作，稍食油腻，则大便次数增多，食欲不振。舌淡苔白，脉缓弱。

②脾肾阳虚：证多作于黎明之前，脐周作痛，肠鸣即泻，泻后痛减，并有腹部生寒，腰酸肢冷。舌淡苔白，脉沉细。

③肝气乘脾：泄泻常因精神因素，情绪波动而诱发。平时可有腹痛肠鸣，胸胁痞闷，嗳气食少。苔薄，脉弦细。

6.3.3 治疗

临床推拿以治疗慢性泄泻为主。治则为健脾和胃，温肾壮阳，疏肝理气。

6.3.3.1 基本治法

①腹部操作：

A. 取穴　中脘、天枢、气海、关元。

B. 手法　一指禅推法、摩法。

C. 操作　患者仰卧位，用沉着缓慢的一指禅推法由中脘开始缓慢向下移至气海、关元，往返 5~6 遍，然后摩腹，时间约 8 分钟。

②背部操作：

A.取穴　脾俞、胃俞、肾俞、大肠俞、长强。

B.手法　患者俯卧位，用擦法沿脊柱两旁从脾俞到大肠俞治疗，每穴约 1 分钟。然后按揉脾俞、胃俞、大肠俞、长强，往返 3~4 遍。再在左侧背部用擦法治疗，以透热为度，时间约 10 分钟。

6.3.3.2　辨证加减

①脾胃虚弱：

A.在气海、关元、足三里用轻柔的按、揉法治疗，每穴约 2 分钟，在气海穴治疗的时间可适当延长。

B.摩腹，重点在胃脘部。摩法按顺时针方向进行，往下至腹部。

②脾肾阳虚：

A.用轻柔的按揉法在气海、关元治疗，每穴约 3 分钟。

B.直擦背部督脉，摩擦腰部肾俞、命门及骶部八髎穴，以透热为度。

③肝气乘脾：

A.用轻柔的按揉法在两侧章门、期门治疗，时间约 6 分钟。

B.斜擦两胁，以两胁微热为度。

C.用轻柔的手法按、揉背部肝俞、胆俞、膈俞及太冲、行间。

6.3.4　注意事项

（1）泄泻期间忌食含淀粉（山芋之类）和脂肪过多的食物，以及一切生冷刺激与不易消化的食品。

（2）注意保暖，不宜过度疲劳，饮食生活要有规律。

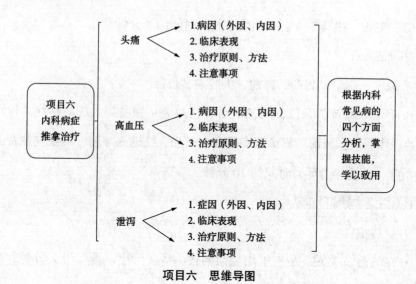

项目六　思维导图

目标检测六

一、单选题

1. 外感风热有（　　）。

A. 风寒头痛　　　　B. 肝阳头疼　　　　C. 痰浊头痛　　　　D. 血虚头疼

答案A

2. 内伤头痛有（　　）。

A. 肝阳头疼　　　　B. 风热头疼　　　　C. 风寒头疼　　　　D. 暑湿头痛

答案A

3. 泄泻又称（　　）。

A. 泄水　　　　B. 腹痛　　　　C. 便秘　　　　D. 腹泻

答案D

4. 脾胃虚弱，舌苔呈现（　　）。

A. 舌淡苔白　　　　B. 舌红苔薄　　　　C. 舌大苔白　　　　D. 舌红苔厚

答案A

5. 推拿临床治疗泄泻以（　　）为主。

A. 混合型　　　　B. 中性　　　　C. 急性　　　　D. 慢性

答案D

二、简答题

1. 结合自身认识，谈谈头痛的病因有哪些。

2. 结合教材所讲泄泻的治疗，谈谈如何辨证泄泻。

项目 **7**

妇科病症的推拿治疗

学习目标

了解正常人体女性生殖系统解剖知识和常见的穴位；

熟悉常见妇科病症的病因病机、临床表现；

掌握常见妇科病症手法治疗的操作技能与注意事项。

任务 **1**

痛 经

妇女在行经前后，或正值行经期间，小腹及腰部疼痛，甚至剧痛难忍，常可伴有面色苍白、头面冷汗淋漓、手足厥冷、泛恶呕吐等症，并随着月经周期发作，称为"痛经"，亦称"经行腹痛"。

7.1.1　病因病机

本病的主要机理是气血运行不畅所致。因经水为血所化，血随气行，气充血沛，气顺血和，则经行畅通，自无疼痛之患。若气滞血瘀或气虚血少，则使经行不畅，不通则痛。引起气血不畅的原因，有气滞血瘀、寒湿凝滞、气血虚弱等类型。

7.1.1.1　气滞血瘀

多由情志不舒、肝郁气滞、气机不利，不能运血畅行，血行受阻，冲、任经脉不利，经血滞于胞中而作痛。

7.1.1.2　寒湿凝滞

冒雨涉水，感寒饮冷，或坐卧湿地，寒湿伤于下焦，客于胞官，经内为寒湿所凝，运行不畅，停滞而作痛。

7.1.1.3　气血虚弱

平素气血不足，或大病久病之后，气血两亏，行经以后，血海空虚，失养，而致疼痛。或体虚阳气不振，运血无力，经行滞而不畅，导致痛经。

7.1.2 临床表现

本病的特点是经行小腹疼痛，并随月经周期而发作。根据疼痛发生的时间、疼痛的性质，辨其寒热虚实。一般以经前、经期痛者属实，经后痛者为虚。痛时拒按属实，喜按属虚。得热痛减为寒，得热痛剧为热。痛甚于胀，血块排出疼痛减轻者为血瘀，胀甚于痛为气滞。绞痛、冷痛属寒，刺痛属热。绵绵作痛或隐痛为虚。

（1）气滞血瘀

经期或经前小腹胀痛，行经量少，淋漓不畅，血色紫暗有瘀块，块下则疼痛减轻，胸胁乳房作胀，舌质紫暗，舌边或有瘀点，脉沉弦。

（2）寒湿凝滞

经前或经期小腹冷痛，甚则牵连腰脊疼痛，得热则舒，经行量少，色暗有血块，畏寒便溏，苔白腻，脉沉紧。

（3）气血虚弱

经期或经净后，小腹绵绵作痛，按之痛减，经色淡，质清稀，面色苍白，精神倦怠，舌淡苔薄，脉虚细。

7.1.3 治疗

根据"通则不痛"的原则，治则主要是通调气血。如因虚而致痛经者，以补以通；因气郁而致血滞者，以行气为主，佐以活血；因寒湿凝滞而引起瘀滞不通者，以温经化瘀为主。

（1）腹部操作

患者取仰卧位，医者坐于右侧，用摩法按顺时针方向在小腹部治疗，时间约6分钟。然后用一指禅推法或揉法在气海、关元治疗，每穴约2分钟。

（2）腰背部操作

患者取俯卧位，医者站于右侧，用按法在腰部脊椎两旁及骶部治疗，时间约4分钟。然后用一指禅推法或按法治疗肾俞、八髎，以酸胀为度。再在骶部八髎穴用擦法治疗，以透热为度。

（3）辨证加减

①气滞血瘀：

A.按、揉章门、期门、肝俞、膈俞，每穴约半分钟。

B.拿血海、三阴交，以酸胀为度。

②寒湿凝滞：

A.直擦背部督脉，横擦腰部肾俞、命门，以透热为度。

B.按、揉血海、三阴交，每穴约1分钟。

③气血虚弱：

A.直擦背部督脉，横擦左侧背部，以透热为度。

B.摩腹时加揉中脘2~3分钟。

C.按揉脾俞、胃俞、足三里，每穴约1分钟。

（4）实证：

痛经的特殊治疗方法：实证痛经，腰1椎或腰4椎（大部分在腰4椎）有棘突偏歪及轻度压痛者，对偏歪棘突用旋转复位或斜扳的方法纠正。直擦背部督脉及横擦腰骶部八髎穴，以透热为度。在月经来潮前一周，治疗两次，以后每月在月经前一周治疗两次，连续三个月治疗六次为一个疗程。

7.1.4　注意事项

①在经期注意保暖，避免寒冷，注意经期卫生。

②适当休息，不要过度疲劳。

③情绪安宁，避免暴怒、忧郁。

任务 2 闭 经

女子年逾 18 岁，月经尚未来潮，或曾来而又中断，达三个月以上者，称为闭经。现代医学称前者为原发性闭经，后者为继发性闭经。若因生活环境变迁、精神因素影响等出现停经（三个月内）但无其他症状，在机体适应后，月经可自然恢复，不属闭经范围。妊娠期、哺乳期、绝经期以后的停经，均属生理现象。先天性无子宫、无卵巢、无阴道或处女膜闭锁及部分由于器质性病变所致的闭经，均非推拿所能治疗，不属本节讨论范围。

7.2.1 病因病机

闭经原因，归纳起来不外虚、实两端。虚者，多因肝肾不足，精血两亏；或因气血虚弱，血海空虚，无余可下。实者，多因气滞血瘀，痰湿阻滞，冲任不通，经血不得下行。

7.2.1.1 肝肾不足

先天肾气不足，天癸未充，或多产房劳，损及肝肾，以及精亏血少，冲任失养，遂成经闭。

7.2.1.2 气血虚弱

饮食劳倦，损伤脾气，化源不足；或因大病，久病，产后失血伤津；久患虫疾伤血，而致冲任血少，血海空虚，遂为经闭。

7.2.1.3 气滞血瘀

郁怒伤肝，肝气郁结，气机不利，血滞不行；或经期产后血室正开，调摄失宜，外感寒邪，内伤生冷，血为寒凝，冲任受阻，而致经闭。

7.2.1.4 痰湿阻滞

形体肥胖，多痰多湿，或脾阳失运，湿聚成痰，痰湿滞于冲任，胞脉闭塞，而致月经不行。

7.2.2 临床表现

闭经可分为虚、实两类。临床以虚证多见。一般以胸胁胀满，小腹胀满者为实证；头晕肢软纳差，心悸失眠、腹无胀痛者为虚证。

（1）肝肾不足

月经超龄未至，或初潮较迟，量少色红或淡，渐至闭经，头晕耳鸣，腰膝疲软，口干咽燥，五心烦热，潮热汗出，面色暗淡或两颧潮红，舌质红或舌苔少，脉细弦或细涩。

（2）气血虚弱

月经由后期量少而渐至停闭，面色苍白或萎黄，头晕目眩，心悸怔忡，气短懒言，神倦肢软，或纳少便溏，唇舌色淡，脉细弱或细缓无力。

（3）气滞血瘀

月经数月不行，精神郁滞，烦躁易怒，胸胁胀满，少腹胀痛或拒按。舌紫暗或有瘀点，脉沉弦或沉涩。

（4）痰湿阻滞

月经停闭，形体肥胖，胸胁满闷，呕噁痰多，神疲倦息，带多色白，苔腻脉滑。

7.2.3 治 疗

推拿对本证的治疗以理气活血为主，但应遵循"虚者补之，实者泻之"的原则辨证论治。

（1）小腹部操作

患者仰卧，医者坐于右侧，用摩法治疗小腹，摩法方向逆时针，腹部移动方向顺时针，手法要求深沉、缓慢，同时配合按揉关元、气海，时间约 10 分钟。

（2）下肢部操作

患者仰卧，按揉血海、三阴交、足三里，每穴约 2 分钟。

（3）腰背部操作

用一指禅推法，治疗腰部脊柱两旁，重点在肝俞、脾俞、肾俞，每穴 1~2 分钟。或用㨰法在腰脊柱两旁治疗，然后再按揉上述穴位 2~3 遍，以病人感觉酸胀为度。

（4）辨证加减

①肝肾不足，气血虚弱

A.横擦前胸中府、云门；左侧背部脾胃区；腰部肾俞、命门，以透热为度。

B.直擦背部督脉；斜擦小腹两侧，均以透热为度。

②肝气郁结

A.按、揉章门、期门，每穴半分钟；按、掐太冲、行间，以病人感觉酸胀为度。

B.斜擦两胁，以微热为度。

③寒凝血瘀

A.直擦背部督脉；横擦骶部，以小腹透热为度。

B.按、揉八髎，以局部温热为度。

④痰湿阻滞

A.按、揉八髎穴，以酸胀为度。

B.横擦左侧背部及腰骶部，以透热为度。

7.2.4　注意事项

①注意风寒、饮食生冷的影响。

②保持心情愉快。

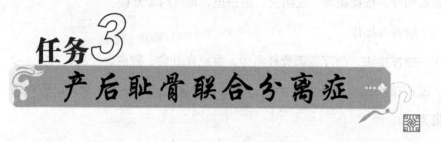

骨盆由骶骨、尾骨和左右两块髋骨构成。两侧髋骨在前正中线由耻骨联合相连接。两侧髋骨在后面有耳状关节面与骶骨的两侧关节面相连接，构成骶髂关节。

耻骨联合位于髋骨的耻骨联合面之间。借耻骨间纤维软骨板相连，而且有坚强的韧带保护，其张力可达 230 千克，因此单纯外力作用于此部位时不易发生耻骨联合分离。但在妇女怀孕期，尤其是在将分娩前，由于内分泌的影响，使骶髂关节和耻骨联合软骨的韧带变松软，造成了本病的发生。据统计，在妊娠及分娩妇女中，本病的发病率为 0.05%。国内外长期以来对本病仍无有效的治疗方法。推拿对本病的治疗是目前最有效的方法。

7.3.1　病因病机

妇女在怀孕期，尤其是在将分娩前，由于受内分泌（黄体素）的影响，骶髂关节和耻骨联合软骨及韧带变得松软。在分娩时耻骨联合及两侧骶髂关节均出现轻度分离，使骨盆发生短暂性扩大，有利于胎儿的娩出。在分娩后黄体素分泌恢复正常，松弛的韧带及软骨也随之恢复正常。一般情况下，分娩后骶髂关节及耻骨联合面即逐渐恢复到正常位置。若产妇黄体素分泌过多，致使韧带过度松弛，产时两侧骶髂关节及耻骨联合易发生过度分离。产程过长，胎儿过大，产时用力不当或姿势不正，以及腰骶部受寒等多种因素，造成产时或产后骨盆收缩力平衡失调，有可能使骶髂关节软骨面发生错位。因骶髂关节的关节面粗糙，在形态上变化较多，易发生关节微细错位。由于上述因素，造成产后骶髂关节错位，致使耻骨联合面不能恢复到正常位置，经过一段时间未能自行回复，症状加剧者，就形成了产后耻骨联合分离症。

产后耻骨联合分离者，骶髂关节必然发生错位，但其他各种外力引起的骶髂关节错位，则极少可能发生耻骨联合分离。

7.3.2　临床表现

耻骨联合处疼痛，且有明显压痛；侧下肢不能负重，患肢外展及跨步困难；腰臀部酸痛，严重者平卧困难。

骶髂关节错位，根据其骶骨与髂骨相对位置的变化，有向前和向后错位两类。向前半脱位，患侧髂后上棘位置偏高，患侧下肢髋膝屈曲困难；向后半脱位，患侧髂后上棘位置偏低，患侧下肢髋后伸困难。

7.3.3　治疗

本病治疗原则为整复错位，活血通络。

7.3.3.1 放松局部肌肉

①患者俯卧，医者站于患侧，在骶髂及腰臀部用擦法治疗，配合按、揉八髎、环跳、大肠俞、关元俞等穴，以及下肢后伸活动，手法宜轻柔。

②患者仰卧位，医者立于患侧（以右侧为例），用右腋夹住患者右足踝部，右肘屈曲位，以前臂背侧托住患者小腿后面，左手搭于患肢膝关节的前侧，以右手搭于左侧前臂中 1/3 处，此时用力夹持患肢，向下牵引 1~2 分钟。

7.3.3.2 整复向前错位

①患者健侧卧位。健侧下肢伸直，患侧屈髋屈膝。医者站于前面，一手按住患者肩前部向后固定其躯体，另一手按住患侧髋部，向前推动至最大限度，使扭转的作用力集中在骶髂部，然后两手同时对称用力斜扳。

②患者仰卧位。医者站于患侧，一手托住患肢小腿后侧，另一手扶住患侧髋部，作强力髋膝屈曲，至最大限度，然后在屈髋处作快速伸膝和下肢拔伸的动作。

7.3.3.3 整复向后错位

①患者健侧卧位。健侧下肢伸直，患肢膝部置于 90° 屈曲位。医者站于身后，一手向前抵住患侧骶髂关节，另一手握住患肢踝上部，向后拉至最大限度，然后两手作相反方向推拉。

②患者俯卧位。医者站于患侧，一手向下压住患侧骶髂部，另一手托住患肢膝前部，两手对称用力，使下肢后伸至最大限度，然后两手同时作相反方向。骤然扳动。

在整复时，常可听到复位关节的弹响声。用按、揉、弹拨等手法理筋，然后在患侧骶髂部用擦法透热，以活血祛瘀。

7.3.4 注意事项

①在整复错位时，手法作用力的中心要在患侧骶髂关节。手法要沉着有

力，快速而不粗暴。

②推拿治疗后，患者症状可立即缓解，但因骶髂关节囊及韧带均有损伤，易再复发，故在治疗成功后两周内，腰及下肢不宜作大幅度活动。最好在两髋膝屈曲位状态下卧床休息，并注意局部保暖。

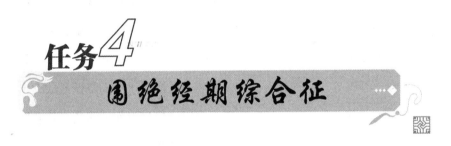

围绝经期综合征是指妇女在绝经前后出现月经紊乱、烘热汗出、烦躁易怒、头晕耳鸣、失眠多梦、心悸健忘、腰背酸楚、面浮肢肿、大便溏泄、情志不安等的一种病症，亦称绝经前后诸症。

本病为绝经期妇女的多发病，临床往往某一症状突出，其他症状并现。病程短者数月，长者可迁延数年甚至更长。手术切除双侧卵巢或接受放射治疗的年轻妇女出现类似症状，可参照本节辨证治疗。

7.4.1　病因病机

本病多因妇女年近绝经前后，肾气渐衰，天癸将竭，冲任亏虚，精血不足，脏腑失养，而出现肾阴肾阳之偏盛偏衰现象。此外，不少患者与情志抑郁、肝气不舒有关。其病变脏腑主要在肾，并可累及心、肝、脾三脏。

现代医学认为，卵巢功能衰退是引起围绝经期代谢变化和出现临床症状的

主要因素。妇女进入围绝经期以后，卵巢功能开始衰退，卵泡分泌雌激素和孕激素的功能降低，导致下丘脑垂体—卵巢失去平衡，由于内分泌和植物神经功能的紊乱而出现相关的临床表现。

7.4.2　临床表现

围绝经期综合征的主要症状有：月经紊乱是其常见的症状，主要表现为月经不规则，经期持续时间长及经量增多或减少，也可反复出现潮热、盗汗，出现注意力不易集中、情绪波动大、容易激动、烦躁、焦虑不安、抑郁，甚至记忆力减退等，严重时可影响工作及生活和睡眠，部分患者甚至出现心悸、眩晕、头痛、失眠、耳鸣等自主神经失调症状。随着雌激素水平的降低或缺乏出现泌尿生殖道萎缩症状，如阴道干涩、同房疼痛以及反复发作的阴道炎症和尿路感染。另外，因钙的大量流失而导致骨质疏松、老年痴呆症及动脉硬化、冠心病等风险增高。

中医把本病分为肾阴亏虚、肾阳亏虚、阴阳两虚三类。

（1）肾阴亏虚

绝经前后，月经紊乱，月经量少或多，色鲜红，阴道干涩，腰背酸痛，头晕耳鸣，失眠多梦，潮热汗出，五心烦热，口干便秘，或皮肤瘙痒，或如虫行。舌红，少苔，脉细数。

（2）肾阳亏虚

绝经前后，月经紊乱，量多或少，色淡质稀，神疲乏力，形寒肢冷，面色晦暗，头晕目眩，腰膝酸软，小腹冷坠，或纳少便溏，小便频数，面浮肢肿，或心悸健忘。舌淡胖，苔白滑，脉沉细。

（3）阴阳两虚

经断前后，月经紊乱，量少或多，乍寒乍热，烘热汗出，头晕耳鸣，健忘，腰背冷痛。舌淡，苔薄，脉沉弱。

7.4.3 治疗

治疗原则：调和阴阳，滋阴补肾。

治疗方法：

①患者仰卧位，医者坐于患者身侧，用掌摩法在腹部顺时针方向操作，手法由轻到重，以腹部透热为佳。

②继上势，用一指禅推法或点法在膻中、中脘、气海、关元穴操作，每穴1分钟。

③患者俯卧位，医者站于患者身侧，用按揉法在脊柱两侧膀胱经操作2~3遍。

④继上势，用一指禅推法或拇指按揉法在厥阴俞、膈俞、肝俞、脾俞、肾俞穴操作，每穴1分钟。

⑤继上势，用擦法在背部督脉、膀胱经和腰骶部操作，以透热为度。

⑥患者坐位，医者站于患者身侧，用拿法在颈项部操作，时间约2分钟。

⑦继上势，用推法从印堂至神庭穴、印堂至太阳穴各推5~10遍；点按百会、印堂、太阳穴，每穴1分钟。

⑧辨证加减。

肾阴亏虚：

A.治法：滋阴益肾，育阴潜阳。

B.手法同基本治法。

C.取穴与部位在基本治法基础上，取心俞、肝俞、肾俞、太溪、三阴交、照海、神门、四神聪。心烦者，加大陵。

D.操作：患者俯卧位，医者站于患者身侧，用一指禅推法或按揉法在心俞、肝俞、肾俞穴操作，每穴1分钟。患者仰卧位，医者坐于患者足侧，用点法在太溪、三阴交、照海穴操作，每穴1分钟。患者坐位，医者站于患者身侧，用点法在神门、四神聪、大陵穴操作，每穴1分钟。

肾阳亏虚：

A. 治法：温肾助阳，补益心脾。

B. 手法同基本治法。

C. 取穴与部位在基本治法基础上，取心俞、膈俞、肩井、脾俞、胃俞、肾俞、神门、百会、四神聪。

D. 操作：患者俯卧位，医者站于患者身侧，用一指禅推法或按揉法在心俞、膈俞、脾俞、胃俞、肾俞穴操作，每穴1分钟。患者坐位，医者站于患者身侧，用点法在神门、百会、四神聪操作，每穴1分钟。继上势，用拿法在肩井穴操作5~8遍。

阴阳两虚：

A. 治法：温阳滋肾，阴阳双补。

B. 手法同基本治法。

C. 取穴与部位在基本治法基础上，取涌泉及小腹部。

D. 操作：患者俯卧位，医者站于患者身侧，医者用掌揉法在小腹部操作，时间约3分钟，以腹腔内透热为佳。继上势，用擦法在涌泉穴操作，以透热为度。

7.4.4 注意事项

①嘱患者做好心理调适，保持乐观的心情。
②嘱患者加强身体锻炼，做到劳逸结合，饮食宜清淡。

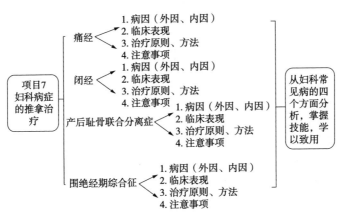

项目7　思维导图

康复**推拿**技术

目标检测七

一、单选题

1. 经期或经前小腹胀痛，行经量少，淋漓不畅，血色紫暗有瘀块，块下则疼痛减轻，胸胁乳房作胀，舌质紫暗，舌边或有瘀点，脉沉弦；属于（　）。

   A. 气滞血瘀　　　　　B. 寒湿凝滞　　　　　C. 气血虚弱　　　　　D. 血虚头疼

          答案 A

2. 经期或经净后，小腹绵绵作痛，按之痛减，经色淡，质清稀，面色苍白，精神倦怠，舌淡苔薄，脉虚细；属于（　）。

   A. 气滞血瘀　　　　　B. 寒湿凝滞　　　　　C. 气血虚弱　　　　　D. 血虚头疼

          答案 C

3. 经前或经期小腹冷痛，甚则牵连腰脊疼痛，得热则舒，经行量少，色暗有血块，畏寒便溏，苔白腻，脉沉紧；属于（　）。

   A. 气滞血瘀　　　　　B. 寒湿凝滞　　　　　C. 气血虚弱　　　　　D. 血虚头疼

          答案 B

4. 闭经，在临床上以（　）多见。

   A. 虚证　　　　　　　B. 实证　　　　　　　C. 多证　　　　　　　D. 少证

          答案 A

5. 绝经前后，月经紊乱，月经量少或多，色鲜红，阴道干涩，腰背酸痛，头晕耳鸣，失眠多梦，潮热汗出，五心烦热，口干便秘，或皮肤瘙痒，或如虫行；属于（　）为主。

   A. 阴阳两虚　　　　　B. 肾阳亏虚　　　　　C. 肝肾两虚　　　　　D. 肾阴亏虚

          答案 D

二、简答题

1. 结合痛经的原因，说说女性经期应注意哪些事项。

2. 结合闭经的表现，说说闭经期间的注意事项。

3. 简单说一说产后耻骨联合分离症的临床表现有哪些。

项目

8

实训

学习目标

了解推拿的发展简史；
熟悉推拿的作用原理；
了解推拿对气血及脏腑功能的调整作用；
了解推拿介质的分类；
熟悉常用推拿介质及其功效。

任务 1 沙袋练习

　　备布袋一只，长约 26 厘米、宽 16 厘米，内装黄沙或大米（掺入一部分碎海绵更佳，使其具有弹性），将袋口缝合，外套一干净布袋，便于替换。开始练习时布袋可扎得紧些，以后逐渐放松。根据各手法的动作要领及难度，重点练习一指禅推法、滚法和揉法、摩法等，通过练习，重点掌握主要手法的动作技巧和灵活度，同时亦可增长指力和腕力。练习姿势可采取坐势和站势，坐势练习手法有一指禅推法、揉法和摩法，除一指禅推法可双手同时进行外，揉法和摩法则着重练习右手。站势练习手法主要是滚法。滚法练习时，要求左右手交替进行，熟练程度等同，才能适应临床需要。经过一段时间的练习，在基本掌握这些手法的动作要领的基础上，才能转入人体上操作练习。

练习记录情况表

训练次数	训练时间	训练感悟	优劣评价
1			
2			
3			
4			

任务 2 人体练习

人体上练习是为临床应用打好基础，所以尽可能结合临床治疗的一般操作常规，分部位进行练习。从实践出发，不但要注意单一手法的操作和进行双手协调动作的练习，而且要练习各种手法的配合运用，同时根据人的形体结构关节活动功能等，在施手法时结合肢体的被动运动。下面分别介绍人体各部的操作练习方法。

8.2.1　头面部

（1）一指禅推法（患者取仰卧位或坐位）

①自印堂——神庭。一指禅螺纹或偏锋自印堂穴推向神庭穴，来回三遍。

②自攒竹——阳白——太阳——头维。一指禅偏锋自攒竹穴经阳白穴再至太阳穴向上至头维穴，来回三遍，左右同。

③自睛明——沿上眼眶由内向外，成"∞"字形环转推三圈。一指禅指锋自左睛明穴沿上眼眶向外，随后沿下眼眶向内至目内眦推向右睛明穴，按上眼眶向外，下眼眶向内的顺序呈"o"字形环转推三遍。

④自睛明——迎香——地仓——下关——颊车——人中——承浆。一指禅偏锋或螺纹自睛明穴推至迎香穴，随后经地仓穴向上到下关穴，向下至颊车穴再推向人中穴，环唇推至承浆穴。左右同。

⑤推百会穴。一指禅偏锋或指锋推百会穴，要求吸定，防止滑移。

（2）拿五经（患者取坐位）

五指拿头顶督脉和两旁太阳、少阳经，谓之拿五经，自前发际经头顶向后至枕部，止于两侧风池穴。

（3）扫散法（患者取坐位）

用大拇指和其他四指指锋自太阳穴经头维、耳后高骨向后推至风池穴，左右各3~5遍。

（4）掌抹法（患者取坐位）

用大鱼际外侧端按住前额，随后分向两旁，经阳白、太阳、耳上至风池穴。

8.2.2　项背部

（1）一指禅推法（取坐势）

①自枕骨下经风府至大椎穴。

②两手偏锋吸定两风池穴，以蝴蝶双飞势自风池经天柱至大抒穴。

（2）直推桥弓穴（取坐势）

推左侧桥弓穴，必须右手操作，四指按住颈项部，以拇指偏锋自翳风穴单向直推至缺盆穴10~20次。推右侧桥弓穴时左手操作，方法同。

（3）㨰法（取坐势）

枕骨下经风府—大椎—肩中俞—肩外俞。在㨰法操作的同时，配合颈椎关节前屈、后伸、左右旋转或侧屈的被动运动。

（4）拿法（取坐势）

①单手拿双侧风池穴。（5~10次）

②拿两侧肩井穴。（8~10次）

（5）按法（取坐势）

用拇指螺纹部按风池、肩中俞、肩外俞、天宗穴。

（6）摇法（取坐势）

一手扶住头后枕部，另一手托住下额、颈椎取中立位摇动，左右各作被动环旋活动三次。

（7）扳法（取坐势颈前屈位）

一手拇指抵住侧凸的颈椎棘突，另一手抱头作旋转复位法（此法适用于一个棘突的偏倾）。

8.2.3　胸腹部

（1）一指禅推法（取仰卧势）

用偏锋或螺纹推胸部膻中，乳根穴及腹部的上中脘、天枢、气海穴。

（2）分推法（取仰卧势）

用两拇指偏锋自膻中穴分推到两乳头部。

（3）擦法（取坐势）

用全掌自锁骨下横擦，逐渐下降至膻中—两乳根—鸠尾穴。（自上而下、左右各 3~5 遍）

（4）搓法（取坐势）

用四指指面及掌部挟住两胁部搓动，自上而下 3~5 遍。

（5）摩法（取仰卧势）

①用食中环三指摩膻中穴。

②用食中环三指或掌摩腹部的中脘—天枢—气海穴，或全掌环转摩腹部（顺逆时针均要练习）。

（6）推摩法（复式手法，取仰卧势）

以一指禅偏锋推中脘—天枢—气海穴，另三指用摩法随同操作。或用三指摩法摩上述穴位，一指禅推法随同操作。

（7）揉法（取仰卧势）

以中指指面揉天突、膻中、中脘、神阙穴（各 50~300 次）。

（8）按法（取仰卧势）

以拇指指尖或螺纹按中脘、气海，附带足三里穴（得气为佳）。

8.2.4　肩及上肢部

（1）一指禅推法（取坐势）

①自肩髃—肩内陵—臂臑—曲池—手三里穴。

②自肩井—肩髎—肩贞—天宗穴。

（2）㨰法（取坐势或卧势均可）

①㨰肩关节前缘，配合肩关节内旋、外旋及外展的被动运动。

②㨰肩关节外缘，配合肩关节内旋后伸的被动运动。

③㨰肩关节后缘，配合肩关节内收及前上举的被动运动。

④㨰肘关节、前臂、腕关节及掌指关节，配合相应的关节被动运动。

（3）按法（取坐势）

以拇指螺纹按肩内陵、肩髃、肩髎、肩贞、天宗、臂臑、曲池穴（要求得气感）。

（4）拿法（取坐势）

拿肩关节、曲池、合谷、极泉、少海等穴。

（5）捻法（取坐势）

捻指间关节。

（6）摇法（取坐势）

①一手扶肩、一手托住肘臂部摇肩关节，顺逆各 3~5 次。

②大幅度摇肩关节，顺逆各 3~5 次。

（7）搓法（取坐势）

两掌托住肩关节，环形搓动，随后徐徐向下至手臂，改为上下搓动至腕部。

（8）抖法（取坐势）

两手握住腕掌部缓缓抖动，自腕—肘—肩部。

（9）擦法（取坐势）

裸露肩部、肘部、臂部、腕部及指掌部用大鱼际擦法，以热为度。

任务3 基本手法练习

8.3.1 搓揉练习

（1）单手搓揉小腿部（俯卧）

动作分解要求	内容
动作概要	受术者俯卧于调理床上，施术者站在床尾处，辅助手扶踝关节处，用力手掌部贴紧于小腿部位画圆，身体放松且自然抖动，从踝关节开始向膝关节行进。画圆为顺时针方向且缓慢行进
动作重点	1. 从踝关节向膝关节行进的时候，有足少阴肾经（内）、足太阳膀胱经（中）、足少阳胆经（外）三条线路 2. 在手掌画圆时圆需画大且频率快 3. 身体抖动频率和手掌画圆频率必须保持一致 4. 行进时需缓慢蠕动前行
动作难点	1. 掌部在搓揉时需紧贴身体自然抖动，如果未贴紧或身体没有抖动，搓揉的力量只能停留在皮肤表面，不能渗透到机体组织里面 2. 在画圆时，需根据不同之人的运动极限来确定压实力量和幅度
调理目的	这个动作主要对小腿部后侧的经络与肌肉进行调理软化

（2）双手搓揉小腿部（俯卧）

动作分解要求	内容
动作概要	受术者俯卧于调理床上，施术者站在床尾处，双手紧贴，身体放松，利用身体抖动和腰部发力自然带动双手在小腿部进行搓揉画圆。从踝关节开始向膝关节行进。画圆时，双手同时且交叉搓揉，从踝关节到膝关节方向缓慢行进
动作重点	1.运用身体和腰部的力量去带动手部画圆 2.在手掌画圆时圆需画大且频率快 3.身体抖动频率和手掌画圆频率必须保持一致
动作难点	1.掌部在画圆时需紧贴且身体自然抖动，如果未贴紧或身体没有抖动，搓揉的力量只能停留在皮肤表面，不能渗透到机体组织里面 2.在画圆时，需根据不同之人的运动极限来确定压实力量和幅度 3.画圆时需注意双手互为对应关系
调理目的	这个动作主要对腿部后侧的经络与肌肉进行调理软化

（3）单手搓揉大腿部（俯卧）

动作分解要求	内容
动作概要	受术者俯卧于调理床上，施术者站在床边处，辅助手扶膝关节处，用力手的掌部贴紧调理部位画圆，身体放松且自然抖动，从膝关节开始向髋关节行进。画圆为顺时针方向且缓慢行进
动作重点	1.从踝关节向膝关节行进的时候，有足少阴肾经（内）、足太阳膀胱经（中）、足少阳胆经（外）三条线路 2.在手掌画圆时圆需画大且频率快 3.身体抖动频率和手掌画圆频率必须保持一致 4.行进时需缓慢
动作难点	1.掌部在搓揉时需紧贴且身体自然抖动，如果未贴紧或身体没有抖动，搓揉的力量只能停留在皮肤表面，不能渗透到机体组织里面 2.在画圆时，需根据不同之人的运动极限来确定压实力量和幅度
调理目的	这个动作主要对大腿部后侧的经络与肌肉进行调理软化

（4）双手搓揉小腿部（俯卧）

动作分解要求	内容
动作概要	受术者俯卧于调理床上，施术者站在床边处，双手紧贴，身体放松，利用身体抖动和腰部发力自然带动双手在大腿部进行搓揉画圆，从膝关节开始向髋关节行进。画圆时，双手同时且交叉搓揉，从膝关节到髋关节方向缓慢行进
动作重点	1.运用身体和腰部的力量去带动手部画圆 2.在手掌画圆时圆需画大且频率快 3.身体抖动频率和手掌画圆频率必须保持一致
动作难点	1.掌部在画圆时需紧贴且身体自然抖动，如果未贴紧或身体没有抖动，搓揉的力量只能停留在皮肤表面，不能渗透到机体组织里面 2.在画圆时，需根据不同之人的运动极限来确定压实力量和幅度 3.画圆时需注意双手互为对应关系
调理目的	这个动作主要对大腿部后侧的经络与肌肉进行调理软化

8.3.2　小臂揉练习

（1）小臂揉脚部（俯卧）

动作分解要求	内容
动作概要	受术者俯卧于调理床上，施术者站在床角处，辅助手扶踝关节处，用力手的小臂压实脚掌，身体放松且自然抖动，从脚后跟开始向脚趾方向行进。画圆为顺时针或逆时针方向且缓慢行进
动作重点	1. 揉脚掌时，从脚后跟到脚趾，有内、中、外三条线路 2. 运用身体自然抖动的力量去带动小臂压实画圆 3. 在小臂画圆时圆需画大且频率快 4. 身体抖动频率和小臂画圆频率必须保持一致
动作难点	1. 小臂在脚部画圆时需压实且身体自然抖动，如果未压实或身体没有抖动，力量只能停留在皮肤表面，不能渗透到机体组织里面 2. 在画圆时，需根据不同之人的运动极限来确定压实力量和幅度
调理目的	这个动作主要对脚掌脚背的经络与肌肉进行调理软化

（2）小臂揉小腿部（俯卧）

动作分解要求	内容
动作概要	受术者俯卧于调理床上，施术者站在床尾处，辅助手扶稳踝关节，用力手小臂压实于小腿部，身体放松且自然抖动，从踝关节开始向膝关节方向行进。画圆为顺时针或逆时针方向且缓慢行进
动作重点	1. 揉小腿部时，从踝关节到膝关节，有足少阴肾经（内）、足太阳膀胱经（中）、足少阳胆经（外）三条线路 2. 运用身体自然抖动的力量去带动小臂压实画圆 3. 在小臂画圆时圆需画大且频率快 4. 身体抖动频率和小臂画圆频率必须保持一致
动作难点	1. 小臂在小腿部画圆时需压实且身体自然抖动，如果未压实或身体没有抖动，力量只能停留在皮肤表面，不能渗透到机体组织里面 2. 在画圆时，需根据不同之人的运动极限来确定压实力量和幅度 3. 揉内侧和外侧时，小臂需分别贴合胫骨和腓骨的边缘向髋关节方向行进
调理目的	这个动作主要对腿部后侧的经络与肌肉进行调理软化

（3）小臂揉大腿部（俯卧）

动作分解要求	内容
动作概要	受术者俯卧于调理床上，施术者站在床尾处，辅助手扶稳膝关节，用力手小臂压实于大腿部，身体放松且自然抖动，从膝关节开始向髋关节方向行进。画圆为顺时针或逆时针方向且缓慢行进
动作重点	1. 揉大腿部时，从膝关节到髋关节，有足少阴肾经（内）、足太阳膀胱经（中）、足少阳胆经（外）三条线路 2. 运用身体自然抖动的力量去带动小臂压实画圆 3. 在小臂画圆时圆需画大且频率快 4. 身体抖动频率和小臂画圆频率必须保持一致

动作分解要求	内容
动作难点	1. 小臂在大腿部画圆时需压实且身体自然抖动，如果未压实或身体没有抖动，力量只能停留在皮肤表面，不能渗透到机体组织里面 2. 在画圆时，需根据不同之人的运动极限来确定压实力量和幅度
调理目的	这个动作主要对腿部后侧的经络与肌肉进行调理软化

（4）小臂揉臀部（俯卧）

动作分解要求	内容
动作概要	受术者俯卧于调理床上，施术者站在床侧边处，辅助手扶于背部，用力手的小臂压实于臀部，身体放松且自然抖动，从臀部骶骨向侧臀方向行进。画圆为顺时针或逆时针方向且缓慢行进
动作重点	1. 揉臀部时，从骶骨到侧臀处，有上、中、下三条线路 2. 运用身体自然抖动的力量去带动小臂压实画圆 3. 在小臂画圆时圆需大且频率快 4. 身体抖动频率和小臂画圆频率必须保持一致
动作难点	1. 小臂在臀部画圆时需压实且身体自然抖动，如果未压实或身体没有抖动，力量只能停留在皮肤表面，不能渗透到机体组织里面 2. 在画圆时，需根据不同之人的运动极限来确定压实力量和幅度
调理目的	这个动作主要对臀部的经络与肌肉进行调理软化

（5）小臂揉腰部（俯卧）

动作分解要求	内容
动作概要	受术者俯卧于调理床上，施术者站在床侧边处，辅助手扶于肩部，用力手的小臂压实于腰部，身体放松且自然抖动，从脊柱处向两侧腰间方向行进。画圆为顺时针或逆时针方向且缓慢行进
动作重点	1. 揉腰部时，从脊柱到两侧腰间，有上、中、下三条线路 2. 运用身体自然抖动的力量去带动小臂压实画圆 3. 在小臂画圆时圆需大且频率快 4. 身体抖动频率和小臂画圆频率必须保持一致
动作难点	1. 小臂在腰部画圆时需压实且身体自然抖动，如果未压实或身体没有抖动，力量只能停留在皮肤表面，不能渗透到机体组织里面 2. 揉腰部时，需注意不同之人肋骨与髂骨之间的距离也有所偏差，需按照不同的人进行调整
调理目的	这个动作主要对腰部的经络与肌肉进行调理软化

（6）小臂揉背部（俯卧）

动作分解要求	内容
动作概要	受术者俯卧于调理床上，施术者站在床侧边处，辅助手扶于肩部，用力手的小臂压实于背部，身体放松且自然抖动，从腰部向颈部方向行进。画圆为顺时针或逆时针方向且缓慢行进

续表

动作分解要求	内容
动作重点	1. 揉背部时，从腰部向颈部行进 2. 运用身体自然抖动的力量去带动小臂压实画圆 3. 在小臂画圆时圆需画大且频率快 4. 身体抖动频率和小臂画圆频率必须保持一致
动作难点	1. 小臂在背部画圆时需压实且身体自然抖动，如果未压实或身体没有抖动，力量只能停留在皮肤表面，不能渗透到机体组织里面 2. 揉背部时，需注意避开肋骨和肩胛骨的位置
调理目的	这个动作主要对背部的经络与肌肉进行调理软化

8.3.3 双手推揉练习

双手推揉背部（俯卧）

动作分解要求	内容
动作概要	受术者俯卧于调理床上，施术者站在床侧边处，双手紧贴背部，身体放松且自然扭动，带动双手画圆，从腰部向颈部方向行进。画圆为顺时针或逆时针方向且缓慢行进
动作重点	1. 推揉背部时，从腰部向颈部行进 2. 运用身体自然扭动的力量去带动手掌贴紧画圆 3. 用手掌画圆时需幅度大 4. 身体扭动频率和小臂画圆频率必须保持一致
动作难点	1. 手掌在背部画圆时需压实且身体自然扭动，如果未压实或身体没有扭动，力量只能停留在皮肤表面，不能渗透到机体组织里面 2. 推揉背部时，需注意避开肋骨和肩胛骨的位置
调理目的	这个动作主要对背部的经络与肌肉进行调理软化

8.3.4 活动关节

（1）活动踝关节（俯卧）

动作分解要求	内容
动作概要	受术者俯卧于调理床上，施术者站在床侧边处，辅助手放于脚后跟处，用力手握住前脚掌在踝关节处进行大幅度抖动、旋转，身体放松且自然抖动
动作重点	1. 活动踝关节时，顺时针逆时针都需旋转，先旋转后抖动 2. 在旋转画圆和抖动时需运动到极致 3. 身体扭动或抖动频率和双手画圆或抖动频率必须保持一致
动作难点	1. 在旋转时，需根据不同之人的运动极限来确定旋转幅度 2. 在抖动时，需注意双手应当同时且朝不同方向发力，从而形成对应力
调理目的	这个动作主要对踝关节的经络与肌肉进行开合软化

（2）活动膝关节（俯卧）

动作分解要求	内容
动作概要	受术者俯卧于调理床上，施术者站在受术者左边，辅助手放于膝关节处固定，用力手握住踝关节在膝关节处进行大幅度旋转，身体放松且自然扭动
动作重点	1.活动膝关节时，顺时针逆时针都需要旋转 2.在旋转画圆时需运动到极致 3.身体扭动频率和画圆频率必须保持一致
动作难点	在旋转时，需根据不同之人的运动极限来确定旋转幅度
调理目的	这个动作主要对膝关节的经络与肌肉进行开合软化

8.3.5　按揉练习

（1）双手按揉腿部（俯卧）

动作分解要求	内容
动作概要	受术者俯卧于调理床上，施术者站在床边，一只手放于踝关节处，另一只手从踝关节处向髋关节行进，双手同时双向发力按揉腿部，身体放松且自然扭动
动作重点	1.按揉腿部时，从踝关节向髋关节行进 2.左手只起到固定作用，握力不可过大 3.在按揉画圆时身体需时刻保持前倾 4.身体扭动频率和画圆频率必须保持一致
动作难点	1.在按揉画圆时，需根据不同之人调整画圆幅度 2.当一只手到达髋关节时，双手需同时反向用力，以达到软化拉伸腿部经络的作用
调理目的	这个动作主要对腿部后侧的经络与肌肉进行拉伸软化

（2）双手按揉脚部（俯卧）

动作分解要求	内容
动作概要	受术者俯卧于调理床上，施术者站在床边处，辅助手放于踝关节外侧，用力手从踝关节向脚趾方向行进，双手同时发力按揉脚部，身体放松且自然抖动
动作重点	1.按揉脚部时，从踝关节向脚趾行进，分为外侧和内侧 2.固定手不只起到固定作用，需与发力手同时协调发力 3.在按揉时身体需时刻保持前倾 4.身体抖动频率和按揉频率必须保持一致
动作难点	1.在按揉时，需根据不同之人调整按揉幅度和力度 2.双手需同时向下向后发力，这样才能将脚部经络拉伸到极限
调理目的	这个动作主要对脚掌脚背的经络与肌肉进行拉伸软化

8.3.6 按压练习

（1）双手按压腰部（俯卧）

动作分解要求	内容
动作概要	受术者俯卧于调理床上，施术者站在床边处，双手将大拇指上下连接放于腰间，从脊柱位置向侧腰方向行进，身体放松、前倾且自然抖动
动作重点	1. 按压腰部时，从脊柱位置向侧腰方向行进，分为上侧和下侧 2. 双手手指需同时向身体内部发力 3. 在按压时身体需时刻保持前倾 4. 身体抖动频率和按压频率必须保持一致
动作难点	1. 在按压时，需根据不同之人调整按压力度 2. 双手发力时，需注意按压到最深处回松时只能半松不能全松
调理目的	这个动作主要对腰部的经络与肌肉进行调理软化

（2）双手按压臀部（俯卧）

动作分解要求	内容
动作概要	受术者俯卧于调理床上，施术者站在床边处，双手将手掌放于臀部进行按压，从骶骨位置向侧臀方向行进，身体放松、前倾且自然抖动
动作重点	1. 按压臀部时，从骶骨位置向侧臀方向行进，分为上侧、中侧和下侧 2. 双手手掌需同时向身体内部发力 3. 在按压时身体需时刻保持前倾 4. 身体扭动频率和按压频率必须保持一致
动作难点	1. 在按压时，需根据不同之人调整按压力度 2. 双手发力时，需注意按压到最深处回松时只能半松不能全松
调理目的	这个动作主要对臀部的经络与肌肉进行调理软化

8.3.7 抖压练习

抖压腰背部（俯卧）

动作分解要求	内容
动作概要	受术者俯卧于调理床上，施术者单脚站在床边处，将受术者调理同侧腿抬起放在施术者膝盖之上三寸处： 1. 从脊柱处向侧腰方向缓慢行进，双手同时向内用力抖压 2. 辅助手放于髋关节处，用力手从腰部处向肩颈部行进向内用力抖压，身体保持放松、前倾且自然抖动
动作重点	1. 抖压腰背部时，从脊柱向侧腰方向或从腰部向肩颈方向行进 2. 双手需同时向身体内部发力 3. 在抖压时身体需时刻保持前倾 4. 身体抖动频率和按压频率必须保持一致
动作难点	在抖压时，需根据不同之人调整抖压力度和幅度
调理目的	这个动作主要对腰背部的经络与肌肉进行拉伸软化

8.3.8 拉伸练习

（1）拉伸腰背部（俯卧）

动作分解要求	内容
动作概要	受术者俯卧于调理床上，施术者站在床边处，将受术者调理同侧腿抬起，将膝关节放在用力手上，辅助手从腰部向肩胛骨方向行进，身体放松，利用身体扭动和腰部发力，用力手向后下方，辅助手向前上方同时双向用力
动作重点	1.拉伸腰背部时，用力手从腰部向肩胛骨方向行进 2.双手需同时双向拉伸发力 3.身体扭动频率和拉伸频率必须保持一致
动作难点	在拉伸时，需根据不同之人调整拉伸力度和幅度
调理目的	这个动作主要对腰背部的经络与肌肉进行拉伸软化

（2）拉伸脊柱（俯卧）

动作分解要求	内容
动作概要	动作一：受术者侧卧于调理床上，施术者站在床边处，辅助手小臂放于受术者肩关节前侧锁骨与肱骨交界处，用力手放于臀部髂骨、坐骨和骶骨缝隙处，身体放松，利用身体扭动和腰部发力，带动用力手向前下方，辅助手向后上方同时双向用力。 动作二：受术者侧卧于调理床上，施术者支撑腿站在床边，用辅助腿膝关节放于环跳穴处，辅助手手掌小鱼际放于受术者肩关节前侧锁骨与肱骨交界处，用力手从腰部向肩颈方向行进，身体放松，利用身体扭动和腰部发力，带动辅助手向后上方，用力手向前方同时双向用力
动作重点	1.动作一拉伸腰背部时，辅助手放于受术者肩关节，用力手放于臀部环跳穴处；动作二拉伸腰背部时，辅助手放于受术者肩关节，用力手从腰部向肩颈方向行进 2.双手需同时双向拉伸发力 3.身体扭动频率和拉伸频率必须保持一致
动作难点	在拉伸时，需根据不同之人调整拉伸力度和幅度
调理目的	这个动作主要对脊柱周边的经络与肌肉进行拉伸软化

任务 *4* 九禽形意功法基本动作练习

8.4.1 动作——龙首

（1）动作概要

自然站立、背部挺直、膝盖微屈、双脚分开与肩同宽，双手重叠放于丹田处，想象头部以下颌为笔尖进行画圆。画圆时头部有三个朝向：正前方、左侧方、右侧方，画圆方向有两个：正向与反向。运动时注意配合呼吸，外放为呼气，内收为吸气。

（2）图片展示

龙首正面外放图　　　　　龙首正面内收图　　　　　龙首左侧外放图

| 龙首左侧内收图 | 龙首右侧外放图 | 龙首右侧内收图 |

（3）动作要领

①全身放松。

②在锻炼时，向前画圆为外放，向后画圆为内收。

③在画圆时，外放内收的幅度需根据自身情况进行调整，但必须达到当前自身极致。

④做动作时，尽量保持身体其他部位不动，只进行头部画圆运动。

（4）锻炼目的

此动作主要为拉伸软化头部、颈肩部等周边组织与经络，改善头部循环，增强脑部供血，对改善头晕、耳聋耳鸣、肩颈不适等症状具有非常显著的功效。

8.4.2　动作——猿伸

（1）动作概要

自然站立、背部挺直、膝盖微屈、双脚分开与肩同宽，双手外翻朝外推并配合腰部转动使上半身尽量向后转。向外推朝向有六个方向：左后上、右后上、左后中、右后中、左后下、右后下。朝外推时，双脚尽量保持在原来的位置上，不要跷脚、移动。运动时注意配合呼吸，外放为呼气，内收为吸气。

（2）图片展示

猿伸左侧上图

猿伸右侧上图

猿伸左侧中图

猿伸右侧中图

猿伸左侧下图

猿伸右侧下图

（3）动作要领

①全身放松。

②在锻炼时，向外推时为外放，往回引时为内收。

③在外推时，外放内收的幅度需根据自身情况进行调整，但必须达到当前自身极致。

④做动作时，尽量保持身体下半身不动，只进行上半身运动。

（4）锻炼目的

此动作主要为拉伸软化背部、脊柱等周边组织与经络，改善背部循环，增强背部和脊柱柔韧性，对改善弯腰驼背、背部僵硬等症状具有非常显著的功效。

8.4.3 动作——猿摆

（1）动作概要

自然站立、背部挺直、膝盖微屈、双脚分开与肩同宽，双手重叠平放于身前，依靠腰部与髋部的扭动带动手臂以较快的频率在身前进行横向来回平移，同时双手从胸前到腹前再从腹前到胸前进行上下移动。运动时身体朝向分三个方向：正前方、左前侧方、右前侧方。运动时注意配合呼吸，外放为呼气，内收为吸气。

（2）图片展示

猿摆正面图1

猿摆正面图2

猿摆左侧图1

猿摆左侧图2

猿摆右侧图1

猿摆右侧图2

（3）动作要领

①全身放松。

②在锻炼时，手臂向下运动为外放，手臂向上运动为内收。

③在运动时，外放内收的幅度需根据自身气息长短情况进行调整，但必须达到当前自身极致。

④做动作时，一定通过腰部和髋部的扭动去带动整个上半身运动。

（4）锻炼目的

此动作主要为放松活动整个上半身的组织与经络，增强上半身灵活度，对改善腰椎间盘突出、脊柱僵硬等症状具有非常显著的功效。

8.4.4　动作——鹤舞

（1）动作概要

自然站立、背部挺直、膝盖微屈、双脚分开与肩同宽，双手分别向上向下同时手掌外推，依靠腰部的扭动带动上半身在身体后方上下起伏，运动时身体朝向分两个方向：左后下方和右后下方。运动时注意配合呼吸，外放为呼气，内收为吸气。

（2）图片展示

（3）动作要领

①全身放松。

②在锻炼时，身体向下伏为外放，身体向上起为内收。

③在运动时，外放内收的幅度需根据自身情况进行调整，但必须达到当前自身极致。

④做动作时，尽量保持身体下半身不动，只进行上半身运动。

鹤舞左侧图

鹤舞左侧后图

鹤舞右侧图

鹤舞右侧后图

（4）锻炼目的

此动作主要为拉伸软化腰背部的组织与经络，增强腰背部柔韧性，对改善腰椎间盘突出、脊柱僵硬、弯腰驼背、背部僵硬等症状具有非常显著的功效。

8.4.5　动作——豹伏

（1）动作概要

自然站立、背部挺直、膝盖打直、双脚分开与肩同宽，头部一直保持后仰的姿势，上半身匀速向下压然后缓慢抬起，双手交叉且一直保持在身体朝向前方，下压时，双手往前推；抬起时，双手往回收，如此循环反复。做动作时，身体朝向有三个方向：正前方、左侧方和右侧方。运动时注意配合呼吸，外放为呼气，内收为吸气。

（2）图片展示

豹伏正面图1

豹伏正面图2

豹伏左侧图1

豹伏左侧图2

豹伏右侧图1

豹伏右侧图2

（3）动作要领

①全身放松。

②在锻炼时，身体下压时为外放，身体抬起时为内收。

③在运动时，外放内收的幅度需根据自身情况进行调整，但必须达到当前自身极致。

④做动作时，尽量保持整个腿部打直。

（4）锻炼目的

此动作主要为拉伸软化颈部后侧、背部和大腿的组织与经络，增强其柔韧性，对改善腰椎间盘突出、腰背部僵硬酸痛等症状具有非常显著的功效。

8.4.6　动作——豹揉

（1）动作概要

下半身呈侧弓步状，上半身在弓步同侧方向下压抬起，双手成抱圆状放于身前画圆，身体下压时双手朝外推，身体抬起时双手朝内拉，如此循环反复。做动作时，弓步朝向有两个方向：左侧与右侧；画圆方向有两个方向：正向与反向。运动时注意配合呼吸，外放为呼气，内收为吸气。

（2）图片展示

豹揉左侧内收图　　　　　　　　　　豹揉左侧外放图

豹揉右侧内收图   豹揉右侧外放图

（3）动作要领

①全身放松。

②在锻炼时，身体下压时为外放，身体抬起时为内收。

③在运动时，外放内收的幅度需根据自身情况进行调整，但必须达到当前自身极致。

④做动作时，身体下压与抬起与双手外推和内拉必须保持频率一致。

（4）锻炼目的

此动作主要为拉伸软化大腿内侧的组织与经络，增强其柔韧性，对改善腰椎间盘突出、腰背部僵硬酸痛等症状具有非常显著的功效。

8.4.7 动作——豹跃

（1）动作概要

双腿自然张开，下半身呈侧弓步状，上半身在弓步同侧方向下双手成前后放，前手翻腕（如勺子舀水势），起身同时略向后旋腰，前手向上旋，后手向下旋成对应势，眼睛看向前手。身体朝向有两个方向：左侧和右侧。运动时注意配合呼吸，外放为呼气，内收为吸气。

（2）图片展示

豹跃右侧内收图　　　　　　　　豹跃右侧外放图

豹跃左侧内收图　　　　　　　　豹跃左侧外放图

（3）动作要领

①全身放松。

②在锻炼时，重心上升时为外放，重心下降时为内收。

③在运动时，外放内收的幅度需根据自身情况进行调整，但必须达到当前自身极致。

④做动作时，速度不宜过快，需根据自身气息大小进行调节。

（4）锻炼目的

此动作主要为强化大腿肌肉与拉伸软化大腿内侧的组织与经络，增强其柔韧性，对改善膝关节酸软无力、髋关节僵硬等症状具有非常显著的功效。

8.4.8 动作——熊运

（1）动作概要

双腿自然张开，下半身呈侧弓步状，上半身基本保持立正姿势，双手呈太极推引手势，前手为引后手为推，身体重心从左到右又从右到左。在左右极点时，双手推引手势互换，如此循环反复。运动时注意配合呼吸，外放为呼气，内收为吸气。（此动作较为特殊，一个动作需进行两次呼吸）

（2）图片展示

熊运左侧内收图

熊运左侧外放图

熊运右侧内收图

熊运右侧外放图

（3）动作要领

①全身放松。

②在锻炼时，重心从中点到极点为外放，重心从极点到中点为内收。

③在运动时，外放内收的幅度需根据自身情况进行调整，但必须达到当前自身极致。

④做动作时，速度不宜过快，需根据自身气息大小进行调节。

（4）锻炼目的

此动作主要为强化大腿前侧肌肉与拉伸软化大腿内侧的组织与经络，增强其柔韧性，对改善膝关节酸软无力、髋关节僵硬等症状具有非常显著的功效。

参 考 文 献

[1] 俞大方. 推拿学 [M]. 上海：上海科学技术出版社，2021.

[2] 房敏，王金贵. 推拿学 [M]. 北京：中国中医药出版社，2021.

[3] 于天源. 按摩推拿学 [M]. 北京：中国中医药出版社，2015.

[4] 叶涛. 从零开始学小儿推拿 [M]. 西安：西安交通大学出版社，2017.

[5] 廖品东. 小儿推拿学 [M]. 北京：人民卫生出版社，2016.

[6] 郭现辉. 家用推拿 [M]. 郑州：河南科学技术出版社，2010.

[7] 伦轼芳. 实用保健推拿手法 [M]. 南宁：广西科学技术出版社，2005.

[8] 吴奇. 穴位推拿按摩大全 [M]. 赤峰：内蒙古科学技术出版社，2005.

[9] 金宏竹，吴云川. 家庭推拿按摩 [M]. 北京：金盾出版社，2001.

[10] 赵正山. 简易推拿疗法 [M]. 北京：人民卫生出版社，1961.

[11] 彭亮. 康复推拿学 [M]. 天津：天津科技翻译出版公司，2023.

[12] 张登山. 康复推拿技术 [M]. 武汉：华中科技大学出版社，2015.

[13] 成向东. 零基础学推拿 [M]. 青岛：青岛出版社，2019.

[14] 李先晓，杨雅茜. 李德修三字经派小儿推拿 [M]. 青岛：青岛出版社，2021.

[15] 宋建军. 小儿推拿 [M]. 北京：化学工业出版社，2023.

[16] 翟伟. 推拿学 [M]. 北京：科学出版社，2023.